가끔은
조언보다
허언

가끔은 조언보다 허언

김영희 에세이

웃고 웃기며
깨달은 것들에
대하여

다반S

보통 여러분은 책을 살 때 어떤 책을 사는가?

서점을 가보면 보통은 베스트셀러들이 아주 몫 좋은 자리,

안 사고는 못 베길걸, 하는 자리에 배치되어 있다.

나는 베스트셀러를 핫할 때 사지 않는다.

줄 서야 먹을 수 있는 맛집도 아주아주 나~중에

"그 집 이제 줄 안 서도 먹을 수 있던데?" 할 때 간다.

그럼 나는 어떤 기준으로 책을 사나?

책표지와 제목 그 두 가지가 통과가 되면 프롤로그까지,

그게 내가 책을 사는 기준이다.

일단 책표지가 굉장히 유니크하거나 튀면

도서계의 지디?한테 눈이 간다.

다음이 제목이다.

제목 하나에 그 책의 정체성이 다 드러난다고 해야 될까?

그다음이 프롤로그.

영화도 예고편이 중요하고

화장품도 샘플이 중요하고

음식도 에피타이저가 중요하고

식품도 시식이 중요하듯

책도 프롤로그라는 약간의 맛보기가

다음 장을 열어 볼지 덮을지

혹은 살지 말지를 결정하는 거 같다.

그래서 사실 프롤로그가 나한테는 참 중요하다.

그렇다고 프롤로그 맛만 보고 사진 않는다.

적당한 두께와~ 적당한 양의 글.

그래서 저도 적당히 써봤으니 다음 장 넘어가시죠~

그리고 계산대로 가시죠!

III
목소리
큰 사람이 져 ⋯ 127

IV
생각
다이어트 ⋯ 177

I.

직업은
끝이 없다

"나는 아직도 그날을 잊을 수가 없다.
스탠드업 코미디를 시작한 지
얼마 지나지 않아
엄청난 시련이 나한테 왔고
한동안 집에 틀어박혀 울기만 했던
하루하루."

아는 것과
하는 것

내가 재미있는 사람이란 걸 안다.
그래서 개그우먼을 한다.

내가 엄마라는 것을 안다.
그래서 아침밥을 한다.

내가 아내라는 것을 안다.
그래서 잔소리를 한다.

내가 돈이 많지 않은 것을 안다.
그래서 일을 한다.

내가 기억력이 안 좋은 걸 안다.
그래서 메모를 한다.

내가 살이 많이 찐 걸 안다.
그래서 운동을 안 한다.

내가 이쁘게 생기지 않은 걸 안다.
그래서 성형을 안 한다.

결론은 안다고 다가 아니다.

한국에서 코미디언으로 산다는 거

늦은 나이에 시작한 코미디언이란 직업.

많은 사람들을 웃게 하는데 정작 내가 웃지는 못하는 직업.

그래도 자식 먹는 것만 봐도 배부른 것처럼

이 부분에서 웃어 줬으면 하는 데서 빵 터지는 웃음을 받노라면 배부르다. 아니 배고프다. 더 웃어 줘, 더, 더…

이렇게도 웃기고 싶고 저렇게도 웃기고 싶은 생각으로 가득차 있는 뇌지만 하지 말아야 할 것이 더 많은, 넘지 말아야 할 선이 점점 높아만 진다.

그런 많은 제약 속에서 코미디언들은

수요일이라는 하루를 위해 목요일 회의, 금요일 못다 한 회의, 가능하면 토, 일 중 소극장에서 연습해 보고 월요일 리허설을 거쳐 수정이란 과정을 거쳐 화요일 다시 검사를 맡고 다시 수요일.

이렇게 일주일이 수요일을 중심으로 돌아간다

지극히 평범했던 코미디언들의 뇌구조는 같은 상황이나 어떠한 걸 봐도 남들이 보는 부분이 아닌 다른 이면으로 보고 "저거 재밌겠다. 저런 거 하면 재밌겠다" 하며 직업적으로 연결한다.

그러다 보니 과함에 질타를 받기도 혹은 부족함에 욕을 먹기도 한다.

그래도 해야지. 배운 게 도둑질이라고 배워 나간 게 이거다 보니 우리는 그냥 한다. 무던하게.

코미디언이란 직업이 어떤 직업과도 바꿀 수 없을 정도로 매력적인 건

처음과 끝을 우리가 계획하고 만들어 내며 그리고 관객의 웃음을 바로 받기 때문인 것 같다.

애써서 잘되는 게 없던 내가 유일하게 애쓴 만큼 되는 걸 느낀 이 직업을 너무 사랑한다.

힘들고 스트레스 받지만 어떻게 웃길까, 하며 산다.

그래서 말인데, 이 글은 별로 안 웃기죠?

나의
팬들

데뷔 때부터 미혼인 나는 각종 아줌마 캐릭터를 했다. (아줌마
가 아닌 캐릭터도 있었는데 으레 아줌마로 봐주신 것도 있다.)

진짜 아줌마가 된 요즘은 할머니 역할을 하고 있다.

진짜 할머니가 될 땐 무슨 역할을 하고 있을라나?

그러다 보니 나의 팬들은 연령대가 높다.

그래서 나는 가끔씩 자존감을 높이기 위해 재래시장을 간다.

입구부터 걸어 들어오면, 너도나도 맛있는 거 맛보여 주시고
손도 꼭 잡아 주시고 안아 주시고… 정말 그때서야, 나 유명한
사람이구나… 내가 누군지 알게 된다.

중년의 팬들이라고 다 같진 않다.

외모, 성별 등으로 특징이 다 다르다.

지방 쪽이 좀 더 적극적인 분들이 많은 것 같다. 보통 지방행
사가 끝날 때쯤 숏커트에 일수가방 같은 얇디얇은 가방을 왼

쪽 겨드랑이에 낀 어머님이 팔자걸음이라기에 좀 더 과한, 좀 만 더 힘주면 다리 찢기가 가능할 듯한 걸음으로 오셔서,

"영희야~~~~~~~~~~~~~~!" 부르신다. 아니 외치신다.

아는 분이었나 싶을 정도로 내적 친밀감을 잔뜩 안고 부르신다.

"우리 동네 왔으면 나한테 인사를 먼저 하러 왔어야지!!" 하시는데, 어디 사시는 줄 알고~ 그래도 너스레를 떨며 "갈라고 했죠"라고 받아치면, 바로 정색하시며 "어허, 여기서까지 장난치지 말고 편하게 해, 편하게." 결국 본인만 웃겨야 하는 분.

반대로

아주 가느다란 몸에 카디건을 어깨뼈 끝에 간신히 걸치시고 코안에 끼를 잔뜩 넣은 비염 소리로 쪼리를 신고 하이힐 소리보다 더 큰 '탁탁' 소리를 내며 오시는 줌마 팬도 계신다.

그런 분들은 칭찬을 굉장히 애매하게 하신다.

"어머 김영희네. 작살난다, 진짜로. 아니 무슨 얼굴이 이렇게 작아. 한 손으로 잡고 탁 터트릴 수 있을 거 같아."

"티비가 잘못했네. 실제로 보니 아담하네. 멀리서 땅강아지기 굴러오는 줄 알았잖아, 하하하하하."

뭐든 간에 줌마 팬분들은 나에 대한 칭찬이나 나에 대한 얘기들을 많이 하시는데, 우리 저씨 팬분들은 다르다. 아저씨 팬들은 본인 어필이 바쁘시다.

한번은 영등포 시장 쪽 빵집에 후배랑 있었는데 주인분이 연

예인이 왔다고 주변에 문자를 돌리셨는지, 여러분이 우르르 들어오셨다.

아저씨 한 분이 내 옆에 앉더니,

"김영희 씨! 반갑습니다! 구라 알죠. 김구라. 내가 구라를 잘 알아요. 사람 진짜 좋잖아. 내가 집에도 가고 그랬어요."

자리를 고쳐 앉으며

"김구라 선배님 친구분이세요?" 했더니,

"내가 김구라 씨 집에 샷시를 했어요. 보통 사람들은 하루에 두 집 정도 하는데, 나는 워낙 손이 빨라 가지고 하루에 서너 집 해요. 샷시 할라믄 연락해요" 하고 명함을 주고 가셨다.

맑고 순수하고 적극적인 중년의 팬분들.

이분들 덕분에 제가 살아요~~~~~~!

언제 연애할 수 있을까요?

감히 내가 연애 얘기를 한다는 게 참… 민망스럽지만

마치 내가 뷰티 제품 소개하듯 이질감이 들겠지만

그래도… 결혼이란 것을 한 인생 선배로서 말씀드리자면…

언제가 중요한 게 아니다. 언제든지 만나라.

어떤 사람을 만나느냐가 중요한 거다.

아니지. 어떤 사람을 만나기 전에 내가 어떤 사람이 되어서 어떤 사람을 만나느냐가 제일 중요하다.

연애 고민하는 사람 중 몇몇은 이런 얘기를 하기도 한다.

주변에 이상형이 없어서 연애를 못 해요.

되묻고 싶다. 너는 그 누군가의 이상형인지를.

내 이상형이 없다 치고 본인이 누군가의 이상형이면 연애는 할 수 있는 거 아니냐는 거다. 고백도 여러 번 받아 봤을 테고 말이다.

그러니 나는 연애를 하기 앞서 내 이상형, 내 기준을 만들기
앞서 내가 준비가 되어야 되는 게 맞는 것 같다.

내가 어떠한 사람이 되면 그 어떠한 사람을 만날 수 있다고
본다.

그런 걸 떠나 팁을 하나 던져 본다면,

내가 김희선, 김태희는 아니지 않나.

일단 '저스트 원 텐미닛' 안에 힘들다 판단되면

많은 사람 있는 자리의 센터에 앉지 마라.

가장 끝 복 나간다고 하는 모서리에 앉아

사연 있는 사람처럼 땅콩을 까먹고

마치 나는 이 자리에 없는 사람인 듯,

다들 시끌시끌 노는 속에서도 나만 흑백 독립영화의 한 장면
같은 느낌으로 앉아 있어라.

그럼 부성애가 넘치는 1%의 남자가

"저 여자 뭐지?? 궁금한데…" 하며 관심을 보일 거다.

근데 이거 팁 맞아?

달도
빛나

해만 빛나는 게 아니다. 밤에 뜨는 달도 빛난다.

저마다 성공하는 데 걸리는 기간이 다르다.
다만 그 과정에서 끝없이
나를 지나쳐 가는 옆 사람을 보기도 하고
내 앞을 뛰고 있는 뒤통수를 보기도 하고
가끔은 누가 따라오나 뒤를 보기도 한다.
그러면서 성공을 향해 달리는 내 발이 급해진다.
장거리 달리기임에도 불구하고
혼자 100미터 달리기라 생각하고
물 마실 여유도 없이 내 몸에 무리가 오는 걸 모른 채 그냥 뛴다.

그런데… 누가 인생의 성공을 달리기로 정한 거지?
다들 달리니까 얼떨결에 나도 달리고는 있는데

누가 만들어 놓은 레이스지?

1등은 누가 인정해 주는 거지?

꼴등이라도 내가 인정하고 만족하면 되는 거 아닌가?

달리던 발이 느려진다.

아예 멈춰 서보기도 하고 오히려 반대로 뒤로도 걸어가 본다.

놓쳤던 것들이 보이기 시작한다.

아예 레이스 밖으로 나가 볼까 생각도 해본다.

내가 정한 룰에는 1등이 성공이 아닐지도

그저 이것저것 경험해 보면서 더 좋은 길도 찾아보고

정말 우연찮게 지름길을 찾으면 거기도 가보고

막힌 길이라면 다시 돌아가 보기도 하고

간혹 발이 빠지는 늪을 지나게 되도 빠져나오는 법도 배우고

그렇게 나만의 길을 내가 만들어 가는 것도 좋지 않나.

그렇기에 빠른 성공보다 중요한 건 성공으로의 방향이 아닐
까?

낮에 뜨는 해만 빛나는 건 아니다.

오히려 해는 정면으로 뚫어져라 보기 힘들다.

평소에 늘 당연한 존재라

1월1일 첫해만 주인공이 된 지 오래돼서

나는 밤에 뜨는 달이 되고 싶다.

오래 봐도 되고 날씨에 따라 기분에 따라 다르게 느껴지는 달.
심지어 보름달, 초승달, 반달 모양도 다른 그런 달이 되고 싶다.

달도 힘들어?
그럼 내 의지대로 켜고 끌 수 있는 형광등 하자!
이제 내 의지대로 불 끄고 자야겠다.

열정과
오해 사이

드라마 '정년이'를 보면 군졸 역할을 맡은 정년이가 소리를 하는 바람에 주인공을 받쳐 주지 못하고 주인공보다 튀어 버려 자명고 공연을 망쳐 버리는 회차가 있다.

각자의 역할이라는 것이 있고 주인공을 받쳐 주는 역할은 확실하게 받쳐 줘야 공연 전체가 빛나는 거니까. 군졸 역할인 정년이가 결과를 떠나 잘못한 게 맞다.

욕심이었다.

열정과 욕심 차이는 간단하다.

열정은 상대방에게 피해가 없고 간혹 상대방에게 뜨거운 열정은 전이되기도 한다.

반면 욕심은 누군가에게 피해를 줄 때 욕심이라 할 수 있는 것 같다.

내가 주인공인 내 코너를 준비중일 때였다.

수년 만에 다시 특집으로 하는 터라, 수년 전보다 나이도 먹고 눈꺼풀도 처지고

분장을 해도 뭔가 강한 느낌이 안 나와서

이렇게 분장도 해보고 저렇게 분장도 해보며

어떻게 하면 더 웃길 수 있을지, 거울 앞에서 한참을 그렸다 지웠다, 좀 더 눈썹을 두껍게 했다 얇게 했다 하고 있었다.

그런데 한 선배가 지나가면서 하시는 말이 "욕심 그만 부려".

내가 관객들 웃기려 애쓰는 분장이 어떤 피해를 주기에…

어떻게 하면 더 웃길 거 같다는 조언이 아닌 욕심을 그만 부리라는 말이 나오지…

뭐 눈에 뭐가 보인다는 말.

즉 상대방의 열정이 욕심으로 보인다면 본인이 욕심이 과한 게 아닐까?

열정이 과하면 욕심이 되는 게 아니라 열정을 오해하면 욕심이 된다.

그리고 오해는 나쁜 거다. 그러니 오해를 입 밖으로 뱉지 말길.

전화
울렁증

요즘 현대인들한테 많이들 있다는데… 전화 울렁증.

나는 울렁증을 떠나 일단 통화 자체를 원래 길게 하지 않는다.
아니 길게 못 한다.

생각해 보면 연애할 때도 통화를 길게 하는 편이 아니었던 것
같다. 긴긴 통화로 핸드폰이 뜨거워져야 꼭 뜨거운 사랑은 아
니지 않나. 게다가 각자의 시간이 있고 그 사람이 지금 어떤
상황인지 모르기에 거는 전화도 조심스러운 게 사실이다.

그리고 높은 분들. 그러니까 나한테는 선배님들이나 감독님들
또 관계자 분들 전화는 그냥 좀 나도 여유롭고 주변도 좀 고요
할 때 받고 싶다.

그러다 보니 전화가 온다고 바로 받는 경우가 잘 없다.

급한 거면 문자도 주지 않을까… 생각도 하고, 또 모르는 번호
는 더더욱 그냥 받으면 될 것을 한번 저장해 본다.

그러곤 톡으로 들어가 얼굴도 확인해 보는 경우도 있다.

점점 통화의 길과 멀어지는 과정이다.

그래서 톡이 편하다. 이모티콘을 종종 쓴다 해도.

그래도 글이다 보니 가끔 오해를 불러일으키기도 하지만

그래도 톡이 편하다.

낯간지러워 못 하는 말도 톡으론 편하고

가끔은 진지한 말도

그리고 가끔은 어려운 말,

예를 들어 뭔가 거절하거나 할 때도 사실 통화보다 편하다.

상대방의 감정이 실망한 듯한 숨이 느껴지지 않으니까.

통화로 듣는 한숨과 톡으로 오는 휴,

점점점. 점 세 개는 천지차이다.

그래서 톡이나 문자가 편하다.

가끔씩 주고받는 톡이 계속되거나 말을 잘 이해하지 못하는 경우가 있어, 전화를 하는 게 편한데… 하다가도 나는 카톡으로 음성을 남기는 쪽을 택한다.

다시 한번 말하지만 난 전화보다 문자다!

지친
당신에게

지쳤으니 엎어 놓고 쉬어!

지쳤을 때 그래도 지치면 안 된다고 악착같이 일어나
맞바람 맞으며 허우적거려 본 사람들.
넘어져 일어날 힘이 없는데
큰 바위 같은 게 위에서 짓누르고 있는데도 불구하고
무릎 부서져라 받들고 일어나 본 사람들.
정말 아주 조금 숨 쉴 힘 정도 남아 있는데
마지막일지도 모르는데… 끝까지 최선을 다해
모든 걸 갈아 넣어 본 사람들은 알 거야.
많이 어리석었다는 걸.

맞바람을 이길 순 없다.
온몸으로 이겨 내려 말고 그냥 기다려라.

강바람이 산들바람이 될 때까지
일어나기 힘들면 넘어진 김에 엎드려 있어라.
핸드폰에 배터리 조금만 없어도 불안해
여기저기 충전할 곳을 찾고
혹은 보조배터리라도 챙겨 다니며 수시로 충전을 해주는데
정작 나 스스로는 왜 충전 없이 가려 하나.
지치지 않을 완충이라면 얼마든지 가라!
그게 아니라면 방전되기 전에
충분히 충전하고 다시 가자.

쉬었다 가자. 때로는 거북이처럼.

근데 거북이 생각보다 엄청 빠르던데?
동화가 잘못했네.

배고픈
예술

예술은 배고파야 가능해?

궁지에 몰리면 뭐든 하게 된다고 하지 않나.

물론 심한 궁지는 누가 봐도 내가 맞을 거 같은 피구공 같아서

얼굴을 가려 감싸고 쭈그려 앉고 포기할 수도 있지만…

예술이야말로 정말 배고프고 열악할 때 비로소 빛이 나는 거

같다.

작품 자체 결과를 얘기하는 게 아니라 작품을 임하는 사람 자

세 말이다.

물론 굳이 배고프지 않아도 빛나는 경우도 있지만

대부분은 그런 거 같다.

나는 아직도 그날을 잊을 수가 없다.

스탠드업 코미디를 시작한 지 얼마 지나지 않아
엄청난 시련이 나한테 왔고
한동안 집에 틀어박혀 울기만 했던 하루하루.
이미 잡아 두었던 상수역 제비다방 공연.
사장님께 내가 해도 되겠냐는 말을 물었고,
나만 괜찮다면, 이라는 답이 왔다.

그렇게 공연 날이 다가왔고 얼마 만에 나와서 보는 사람들 얼굴인가…
마이크는 손에 들었고 준비한 대로가 아닌 20분간 그냥 내 감정에 맡긴 스탠드업 코미디.
마이크를 놓고 받은 박수와 함성을… 기억한다. 아직도.
그리고 그날 무슨 말을 했는지 기억도 못 한다.
다만 무대 위에 있는 나를 봤을 때 무대 위에 떠 있는 듯했다.
스탠드업 코미디 스승인 대니 오빠가 그날 내가 진짜 스탠드업 코미디를 했다고 한다.

시간이 흘러 조금씩 나아지고 있는 내 인생.
지금도 스탠드업 코미디를 하고 있지만… 그때 그날의 진짜 스탠드업 코미디를 아직까지 못 하고 있다.
그렇다고 다시 시련이 오길 바라는 건 아니다.

그나저나

등 따시고 배부르니, 오늘 글도 막히네.

오늘은 여기까지!

텔레비전에
내가 나왔으면
정말 좋겠네

텔레비전에 내가 나왔으면 정말 좋겠네, 정말 좋겠네~
노래를 부르던 어린 내가 정말 텔레비전에 나왔다.
정작 본인이 나오는 프로는 세상 민망해서 못 보는…
어느덧 나도 텔레비전에 나오는 사람 15년 차에 접어드네.
생각보다 연차가 있는 편이다.
'스타 골든벨', '만 원의 행복'을 보며
저기 꼭 나가야지 했던 나는
그 프로그램이 없어진 후 텔레비전에 나오는 사람이 되었다.

'개그콘서트'를 시작으로 엄마 예능의 원조였던 '맘마미아'
너무 추억 돋았고 행복했고 열심히 했던 '인간의 조건'
2억 뷰 짤이 만들어졌던 '진짜 사나이'
(내가 나보고 웃었던 건 첨이었다.)
미혼 때부터 출연했던 어른들의 무한도전 '동치미'

그 외 한두 번씩 출연했던 프로그램들…

나름 많이도 했다 생각하는데…

아직 못 해본 프로그램도 많더라.

친구들이 종종 말한다.

"네가 라스 나오면 잘할 텐데."

"남편 밝으니까 동상이몽 나오면 좋겠다. 왜 안 해?"

안 하는 게 아니라 못 하는 거야…

라는 말을 가오라는 걸로 꾹 누르며

"에이 섭외 와도 안 해. 할 시간도 없고."

시간은 내라고 있는 것.

'라디오스타', '동상이몽' 나가면 정말 좋겠네, 정말 좋겠네~

간혹 우리는 어떤 일에 있어 또는 어떤 사람에게 있어,
있는 그대로의 색을 보지 않고 각자의 색안경을 끼고 본다.
그리고 내가 본 색이 맞다고 확신한다.
분명 눈앞에 보이는 색은 흰색인데
누군가는 노란색, 누군가는 검은색, 누군가는 빨간색이 된다.
정말 나중엔 흰색 본인도 내가 흰색이 아닌 건가?
생각이 들 때도 있다.

살면서 한 번쯤 머뭇거릴 때 있지 않나?
내가 이렇게 하면 혹은
내가 이 말을 하면 사람들이 어떻게 볼까?
그들이 끼고 볼 색안경 색에 맞춰 살 순 없지 않나?
그냥 나를 있는 그대로의 색으로 봐주는 오히려 더 잘 보려고
도수 맞춘 안경을 끼고 봐주는 사람들도 있는데.

왜 우리 눈엔 색안경 낀 사람만 도드라져 보일까.
그렇다고 그들의 색안경을 벗겨 내기도 쉽지 않다.
그들 스스로가 끼는 색안경이니.

그럼 내 생각을 바꿀 수밖에.
색안경은 보통 햇빛이 눈부실 때 끼지 않나?
내가 너무 환한가 보다, 내가 너무 눈부시나 보다 생각하자.
그리고 주저하지 말자.
눈치 보지 말고 합법적인 선에서
내가 하고 싶은 거 해나가자.

2023년 11월 12일 '소통왕 말자할매'가

세상 밖으로 나온 날이다.

사실 소통왕이란 타이틀로는 첨이지만

6~7년 동안 대학로나 각종 공연으로

이미 애드리브 고민상담을 해왔었다.

지독하게도 더디게 가던 그 시간이 쌓이고 쌓여 경험이 쌓이

고 쌓여 지금의 말자할매로 완성된 것 같다.

종종 물어들 보시는 게

"책을 많이 읽으세요?", "말자할매 소통 노하우가 뭐예요?"

책? 자주 사서 잘 꽂아 두는 편이다.

노하우? 산전수전 공중전??

겪지 않아도 될 일, 보통은 잘 겪지 못하는 일들을 겪다 보니

이렇게 사세요! 하는 답을 드린다기보다

나처럼 살지 않았으면 하는 마음을 베이스에 깔고

진정성과 공감이란 토핑을 얹어

마지막으로 약간의 때로는 많은 시럽을 뿌려

먹고 싶으시면 맛있게 드시고 아님, 먹지 마세요~

하는 마음으로 말한다.

소통 전문가라는 캐릭터를 입고 있는 터라

어쩔 땐 가르치는 것 같기도 하겠지만

생각해 보라.

누군가 가르친다고 우리가 그대로 살았으면?

고민 있는 사람이 어디 있겠는가.

으레 알아서들 본인들의 소신이란 필터에 걸러 받아들일 것만

받아들이지 않나.

말자할매의 무대가 '개그콘서트'이기에 소통, 호통, 공감과 함
께 웃음이란 것을 포기할 수 없다.

그래서 사실 현장에 와서 보신 분들은 알겠지만

눈시울을 적시는 고민들도 많다. 그럼에도 불구하고 마지막은
웃겨야지 하는 강박으로 머리에 500원짜리 동전 사이즈의
작은 연못(원형탈모)을 만들어 준 말자할매.

그러던 어느 녹화 날

"첫사랑을 못 잊겠어요!"

첫사랑이 기억도 안 나는 나에게 날아온 질문이었다.

급히 뇌를 회전시키는 시간을 벌기 위해 되물었다.

"그 첫사랑 지금 여친이 있어?"

"있는데. 헤어질 거란 얘길 들었어요."

헤어지길 기다리겠다는 건가… 아니지.

그전에 좋은 남자 놓칠 수도 있으니 되받아쳤다.

"정신 차려. 세상에 남자는 많아!"

다시 돌아온 외침이 "그 사람은 하나잖아요!"

녹화장에 그 외침 외에 아무 소리도 들리지 않았다.

내 친동생이면 어땠을까 생각하면서

"너도 하나야! 그 사람도 하나지만 너도 유일한 하나야"

로 되받았다.

직업병 때문인가 웃음을 드리지 못했고

너무 진지하기만 했던 소통이라

주변 관객분들 표정도 살피지 못하고 바로 뒤돌아

무대로 올라왔는데…

녹화가 끝나고도 마음이 무거웠는데

반응은 달랐다. 수많은 짤을 형성했고 몇 개 국어로 번역되어

퍼져나가기 시작했다.

이 고민을 시작으로

웃음을 드려야 된다는 강박에서 아주 조금은 벗어났다.

결국 웃음보다 강한 게 공감과 진정성이란 것을 알게 된

그날이었다.

그리고 조금씩 머리에 작은 연못도 거뭇거뭇

검은 잔디가 올라오고 있다.

첫사랑 고민자분. 연락 줘요. 우리 맛있는 거 먹으러 가요~
메뉴도 하나야!

수상하지 않은
수상 소감

그래도 나름 왜 받은 거야?

이런 소리 듣지 않을 만큼 딱 맞는 옷을 입었을 때 상으로 보상을 받은 것 같다. 상에 대해 큰 의미를 두지 않은 지 오래되었지만 받으면 또 기분 좋은 게 상 아닌가.

'두 분 토론' 여당당 소속으로

신인상과 최우수 코너상을 받았고

'끝사랑' 김여사로 최우수상과 최우수 코너상

그리고 백상예술대상 PD대상을 받았다.

"앙대요, 앙대요" 하다가 앙된 오래 시간 동안

연말 시상식 할 때면

행여나 광고 위에 뜨는 제목이라도 스칠까 싶어,

티비 코드를 뽑은 채 적막 속에 살았다.

인터넷도 한동안 들어가지 않았다.

상은 그냥 남의 일이 되어 버린 것만 같았다.

그리고 현재. -100에서 시작한 나는 100까진 아니더라도
다시 0이란 시작점까진 끌어 올린 것 같다.
나름 나 스스로를 칭찬하고 또 칭찬한다.
올해도 상은 잘 모를 일이라 상 대신 원형탈모를 안겨 준
'말자할매 수상 소감'을 몇 자 써보려고 한다.

우선 개콘을 할 수 있게 도와주신 재관 선배 감사합니다.
일 없이 쉴때
공연을 만들어 함께한 승희 선배 감사해요.
덕분에 제가 뭐하는 사람인지 알고 살았어요.
무엇보다 가장 감사한 범균 선배.
말자할매를 특별한 할매로 만들어 줘서 감사해요.
가족보다 더 많은 시간을 함께하고 있는데요,
앞으로의 모든 계획에 제가 있다 하셨죠.
너무 오그라들어
"제 계획엔 선배님이 없어요"라며 장난쳤지만
그 말이 얼마나 든든했나 몰라요.
김상미 감독님 '끝사랑' 김여사 때도 그렇고
감독님 울타리 안에서 가장 안전하게
뛰어다닐 수 있었습니다.
내가 다시 일어날 때까지 묵묵히 옆을 지켜 준
언니, 오빠들 그리고 지인들,

내 친구 아름이 형미는 항상 고맙다.

'말자할매' 시작하고 3주 지나서
과연 내가 개콘을 하는 게 맞나?
후배들한테 피해를 끼치는 게 아닌가?
하는 생각에 놓으려고 했었어요.
그런데 함께해서 좋다고 존경한다고 온 현호의 문자가 저를
다시 잡았습니다. 녹화 끝날 때마다 녹초가 된 저에게 세 번째
손가락이 아닌 엄지를 치켜올려 주던 후배들,
너무 고맙고 덕분에 지금까지 했다.
그리고 옆에 든든하게 있어 주는 밝고 밝은 남편
그리고 더 밝은 딸 너무 사랑하고
가족들 너무 사랑하고 고마워요.
저에게 고민을 털어놔 준 많은 관객분들도 너무 감사해요.
말자할매가 어떻게 고민을 시원하게 해결해 주시나요?
책을 많이 읽나요, 하시는데
책 안 읽어요. 그리고 제 말이 답도 아닙니다.
경험을 바탕으로 저처럼 살지 않았으면 하는 마음으로 드리는
말이에요.
애써도 일이 하나도 없을 때 애써서 유일하게 되는 게 코미디
였습니다.
내년에도 애쓰겠습니다.

일일일일
일일일

월.

출근시간 어김없이 차가 막힌다는 것을 티비 속 뉴스로 보고 있다.

다들 출근하는구나… 출근 시간에 나가지 않아도 돼서 좋네.

월요일 맞아? 다시 자야지.

얼마나 잔 거야… 아직 밝다. 생각보다 길다 하루가….

화.

하루가 길 것이 뻔하기에 9시쯤 눈을 떴으나 다시 억지로 질 끈 감아 본다.

눈뜨면 수요일이 되어 있기를.

눈치 없게 배는 정확한 시간에 고프네….

수.

보통은 수요일쯤 되면 시간이 더디게 가고 많이 지치는 요일
이라는데.

나도 지치긴 한다. 쉼에 지친다.

목.

오늘은 뭐 하지…

내일은 불금인데 뭐 할까?

금.

내일 쉰다는 생각에 공기마저 들떠 있는 것 같다.

동네를 걷노라면 아파트 단지 내에 혹은 상가 주변은 퇴근 후
저녁을 먹는 가족들로 북적북적 시끌시끌하다.

보통은 밤 10시쯤이면 조용하던 동네가 금요일은 늦게까지
환하다.

내일 또 쉬는 나는 금요일에 달콤함을 모르겠는데…

그래도 불금이니 늦게 자야지.

토.

주 5일제라 오늘부터 쉬는 사람들이 많겠지.

다들 여기저기 놀러도 가고… 나는 주 1일도 주어지지 않는데
뭘 또 굳이 어디 가서 놀아야 하나, 누군가에겐 짧은 주말.

시간이 너무너무 안 가, 1000피스 퍼즐을 꺼내 본다.

일.

영화소개 프로를 보며 시작하는 일요일.

왠지 나만 쉬는 날이 아닌 것 같다는 생각에

모두들 집에서 나랑 비슷한 걸 보며

지금의 나처럼 소파에 녹아들어 있을 것 같다는 생각에

나름 위안이 되다가도 내일 또 일요일처럼 보낼 나라서 마음

이 편치 않다.

일주일에 7일이 일요일인 거 겪어 본 사람만 아는…

다들 월요병을 겪을 때 다른 의미로 겪는 나의 월요병.

한심과 자책과 불안과 무료함이 섞인 굉장히 무서운 월요병.

일에 지친 분들께 외칩니다.

쉼에 지쳐 봤냐고!

일에 지치면 잠이라도 잘 오는데 쉼에 지친 건 잠도 안 와요.

지금의 일에 혹은 앞으로 주어질 일에 감사합시다.

왼손이 하는 일을 오른손이 모르게?

왜? 왜 몰라야 되는데??

그럼 정말 모르는 게 될 수도 있잖아.

나는 시간이 날 때면 봉사활동을 종종 가는 편이다.

고아원을 가기도 하고 유기견 봉사를 가기도 하고 연탄봉사도 가고,

봉사활동은 종류를 가리지 않는다.

그런데 사진으로, 기사로 나를 찾기는 쉽지 않다.

유기견 봉사 가본 사람들은 알겠지만 견사 청소를 하다 보면 냄새가 상당히 심하다. 이른 아침부터 시작이라 머리를 감지 않고 모자를 쓰고 가는 편이고 냄새 땜에 마스크를 두 개나 쓰고 앞치마 하고 고무장갑 끼고 하나라도 더 치우려 견사에 들어가 머리 숙여 굳은 오물들을 긁어 내기 바쁘다.

그러니 누군지도 모르겠거니와

숨 쉰다고 조금 마스크를 내릴 때 사진기자님이 오시면 얼른 다시 쓴다.

동료들과 찍는 사진이 아닌

나의 봉사 활동 모습을 찍는다는 게

괜스레 낯간지럽고 뭔가 의미가 좀 퇴색되는 느낌이랄까?

(내 의견일 뿐)

그런데… 언제부턴가 생각이 많이 바뀌기 시작했다.

좋은 일은 알려도 크게 퍼지지 않는다는 것을.

그래서 최근 연탄봉사 때부터는 사진 찍기 편하시게 얼굴을 양껏 드러내고 열심히 연탄을 날랐다.

그리고 공공연하게 SNS에도 올렸다.

그래도 기사 하나 나지 않았지만~

앞으로 나는 더더욱 왼손이 하는 좋은 일은 오른손, 왼발, 오른발한테 다 알릴 예정이다.

보여지지 않으면 말하지 않으면 정말 몰라, 정말.

이불킥이 뭐야, 그냥 나를 내가 킥해 버리고 싶었던 날.
지금도 티비를 통해 그분을 볼 때마다 어디 숨어 버리고 싶었던 기억이 있다.

매년 하는 연예대상. 매년 나 스스로에게도 잔치였던 것 같다.
나름 '왜? 저 사람이?'라는 물음표가 뜨지 않게 상을 받았다.
노력한 만큼 결과로 축하를 받았다.
몇 년도인지 기억이 나지 않지만 '개그콘서트'가 베스트 팀웍 상을 받고
나는 후보에만 오르고 상을 받지 못했던 해.
그날 박수만 얼마나 많이 쳤는지
왠지 오늘 이 박수로 6개월은 수명연장 되겠다 싶었던 날.
모든 시상식이 끝나고 온몸을 꽉 조이던 드레스를 풀고 숨죽여 있던 살들에게 숨을 허락한 후 동료들과 다시 회의를 하러

회의실로 향하고 있었다.

맞은편에서 나영석 피디님이 걸어오셨다.

"상 받은 거 너무 축하해요."

상을 받지 않은 나는

"어! 저 상 안 받았는데요"

라며 멋쩍게 웃었고 돌아오는 답을 듣고

"아… 나는 저분 프로그램은 앞으로 못 하겠구나…"

라 생각했다.

"개그콘서트 상 받았잖아요."

캄캄한 밤이었는데 내 얼굴이 세상 뻘겋게 달아올랐던 걸, 추운 겨울인데도 불구하고 인중과 겨에 터진 땀을 통해 짐작할 수 있었다.

'개그콘서트'는 나의 일터이고 누구보다 '개그콘서트'를 애정한다고 생각했는데… 그날을 시작으로 나는 나한테는 어디에도 없을 거라 생각했던 꽁꽁 숨어 있던 아집을 발견했고 개개인이 모여 이루어진 팀이란 것에 대해 다시 한번 생각해 봤던 것 같다.

그러곤 영원할 것 같던 그 팀을 떠나도 봤고 잃어도 봤기에 개콘 2를 어렵게 다시 시작하면서 매주 보는 동료들을 다음 주에 또 봤으면, 다음 달에 또 봤으면, 내년에 또 봤으면… 그렇게 곱씹어 보고 싶다.

키보드는
칼보다 강하다

기사란?

사실을 적음. 또는 그런 글.

신문이나 잡지에서 어떠한 사실을 알리는 글.

언제부터인가 개인의 감정이 더 많이 들어가는 듯하고

사실이 아닌 나쁜 일은 확대,

좋은 일은 축소해서 나가기도 하는 기사.

펜이 칼보다 무섭다는 얘기가 있듯 키보드가 칼보다 무서워진

지는 오래된 듯하다.

나는 예능에서 자막이 나오는 걸 좋아하지 않는 편이다.

보는 사람의 웃는 타이밍과 생각을 미리 정해서 보여 주는 거

같으니까.

기사 제목은 예능 자막과도 같다.
미리 반응을 예측한 제목들이다.

물론 SNS에 왜 올렸냐 하겠지만
하얀 수영복을 입고 서 있던 사진 기사 제목이
'숨 막히는 수영복 자태'
베스트 댓글이 그냥 숨 막혔으면 좋겠다, 였고

누가 봐도 어플 왕창 써서 찍은 셀카 사진 제목이
'치명적인 셀카 미모'
베스트 댓글이 그냥 한 대 치고 싶다, 였으며

똑 부러지고 이쁜 레이디 제인과 같이 찍은 사진 제목은
'똑 닮은 자매샷'
베스트 댓글이 남매 아닌가요, 였다.

좋은 기사는 바라지도 않는다.
그저 있는 사실대로만 써주셨으면…

'많이 작은 흰색 수영복 입고 짝다리로 서 있는 모습'
'b612 어플 써서 누군지 모를 셀카 사진'
'레이디 제인 몰아주기 찍은 투샷'

뚱뚱한 컴퓨터에 두터운 디스켓을 넣던 시절.

삐삐에서 휴대폰으로 바뀌던 시절. 삐삐도 가져 봤고

지금 SKT의 과거

던져진 토마토를 양껏 맞던 충격적인 CF, TTL 통신사로

걸리면 걸리던 걸리버 휴대폰도 가져 봤고

나름 다 누렸다고 생각했던 그 시절.

어찌 보면 지금의 팬 문화에 시작이었던 HOT가 전사의 후예로 등장.

'아! 니가 니가 뭔데!'로 시작하는 가사는 안 그래도 뾰족한 사춘기에 뜨거운 반항심을 추가해 줬다.

몽글몽글 없는 돈에 모자, 집게핀, 장갑을 사게 했던 굿즈의 시초라 할 수 있는 캔디 때 그때까지가 아마 HOT에 열광한 마지막이었을까.

어느 날 나타난 6개의 수정 젝스키스.

화이트키스의 맑음과 블랙키스의 카리스마로 이루어진 나의 오빠들.

집이 와장창 무너진 한 소녀의 사춘기 때 작은 희망을 줬던 오빠들.

팬클럽 가입할 돈도 없었던 터라 갓 데뷔한 OPPA나 이글파이브 팬들 속에 숨어 정말 숨죽여 응원했었던 나는 노란 풍선 한번 맘껏 흔들어 볼 수가 없었다.

영원할 것 같던 오빠들이었는데…

아직도 기억나는 마지막 무대.

2000 드림콘서트 '기억해 줄래'를 집에서 따라 부르며 저 자리에 내가 없다는 게 그렇게나 더 슬펐던 것 같다.

어느덧 생각지 못했던 개그우먼이 되어

'위기탈출 넘버원'에서 만났던 은지원 오빠.

전날부터 설렜던 어떤 방송보다 떨렸던 것 같다.

'1박 2일'에서 잘 알려지지 않은 내 유행어를 은지원 오빠 입에서 들었을 때, 너무너무 행복했던 이게 바로 성덕이구나!

어찌 보면 삐뚤어질 수 있었던 모든 조건을 갖춘 나를 잡아 줬던 젝스키스.

누군가에게 열광하고 미친 듯이 좋아해 보고 따라해 보고 할 수 있는 그 싱그러운 나이가 나이를 떠나 그 뜨거움이 요즘 무엇도 꽂히는 거 없는 나는 그저 부럽다.

누구에게나 성장통은 있다.

성장통은 기존에 사전적 의미인 3세~12세 사이에 뼈가 성장하면서 나타나는 통증. 즉 키가 크고 몸이 자란다는 통증을 뜻한다.

그러다 성장판이 닫힌 후부터의 성장통은 뜻이 확연히 다르다. 심적으로 힘든 일에 닥친다거나 뭔가 일이 시원하게 풀리지 않는다거나 잘 지내던 관계가 끊어져 속앓이를 한다거나 등등을 뜻하게 된다.

이런 여러 가지를 겪은 사람들이 그때보다 한층 나아졌을 때 성장통을 오래 겪고 다시 태어났다고들 한다.

그건 어디까지나 나아졌을 때 이야기.

아직도 벗어나지 못해 마음이 다치고 작아져

속앓이들 중인 분들에겐

성장통은 성장은 무슨 오히려 성장을 멈추게 하는 고통이다.

얼마나 잘되려고 이런 일을 겪나 하면서
무한긍정 에너지를 끌어 내봐도
큰 욕심 없다, 많이 잘되지 않아도 되니
지금보다 더 하지만 않으면 되니, 겪지 않았으면 하기도 하고
'이 또한 지나가리'라는 생각을 되뇌어 봐도 이 또한 언제 지
나가나 싶다.
"시간이 약이다" 하는 말을 들으면 뭔 소리, 시간이 독인데.
얼마나 약하게 지어 준 약이면 도통 몸이 낫질 않는 거지?라
는 생각이 들고
"누구나 겪는 성장통이야"라는 위로를 듣고 주변을 둘러보면
나만 겪고 있는 듯해 속는 기분이 들기도 한다.
그만큼 뼈가 자라는 성장통이 아닌
마음이 곪아 가는 성장통은
더 이상 성장통이 아니다.

그래서 말하고 싶다.
진짜 많이 안 자라도 되니까,
더 이상 아프지 않았으면 좋겠다고.

직업은
끝이 없다

20

직업엔 귀천이 없다, 아니 끝이 없다.

여아들 장래희망 미스코리아
남아들 장래희망 대통령

내가 초등학교(내가 다닐 때의 명칭은 국민학교) 다닐 때만 해도
평균적으로 써냈던 말 그대로 희망.
이목구비뿐 아니라 성장판이 이리도 일찍 닫히고
위로 자랄 줄 알았던 몸이 옆으로 자라는구나…
싶을 때쯤 장래절망으로 바뀐 꿈.
우연히 작곡가 주영훈 씨를 TV에서 보고
작곡을 하면 TV에 나올 수 있구나.
무작정 찾아간 작곡학원
화성악을 배울 때쯤 도저히 내 돈을 양심에 찔려 못 받겠다며

소질이 아예 없다고 나를 돌려보내신 선생님.

(지금이라도 그 선생님 찾아가 절해야 될 판이다.)

시간은 빨리도 와 고3이 되었고 그때까지 꿈도 없던 나는 친구들 대학 갈 때 1년 쉬고 다음 해 디지털영상미디어과 선택해서 입학.

나름 방송과 관련된 과인 줄 알았으나 웬걸.

컴퓨터에 '컴'자도 모르는 내가 3D로 돌고래를 만들어 회전시켜야 되고

편집 CG 등등 컴퓨터 없인 살아남을 수 없는 과를 들어왔네…

결국 내 돌고래는 멸치가 되고 꼬리도 함몰되어 있고,

교수님께 환경오염에 영향을 받은 돌고래라 둘러댈 수도 없을 정도로 처참했다.

그러다 거기서 살아남는 법을 알게 되었다.

시나리오를 내가 쓰는 거. 열악한 환경에 카메라 수가 많지 않아, 시나리오 괜찮은 아이들이 조장이 되어 스텝을 꾸리고 작품을 만드는 시스템이었다. 매번 내 시나리오가 합격되고 카메라 편집 잘하는 친구들로 조를 만들어 엄청 우수하게 졸업을 했던 것 같다.

그럼 뭐 하나. 유튜브 시대가 온 지금. 조원들의 손을 빌렸기에 내가 할 줄 아는 게 하나 없네~

그래도 웃기고 재밌는 학회장으로 졸업했다.

웃겨? 그럼 개그우먼 해야지!

지방에서 연예인 되는 건, 거의 길거리 캐스팅일 때

길거리를 아무리 다녀봐도 답 없던 나는

"날 안 찾으면 내가 갈게." 서울로 상경한다.

대학로 갈갈이 소극장에 들어가 개그우먼 준비.

결과는 OBS 합격 후 1년 MBC 합격후 1년 마지막 종착지인 KBS 합격.

개그우먼의 길로 본격적으로 들어섰다.

현재도 개그우먼으로 살고 있다.

사람 사는 거 진짜 답이 없다 하는데

정말 답이 정해져 있지 않다.

피아노를 할 줄 알았던 내가 디지털영상미디어과를 가고 전공을 살려 동기들처럼 영화, 드라마 현장에 스텝으로 있을 거 같았던 내가

사람들에게 웃음을 주는 플레이어가 되어 있을 줄은.

그리고 여기서 끝이 아닐 거라는 거…

뭔가를 어슬렁거려 보고 있는 현재 나는 10년 후 아니 5년 후는 당장 뭘 하고 있을까?

나의 다음 직업이 기대된다.

세 번
태어났어

21

첫 탄생이 1983년 8월 23일.

드디어 세상 밖으로 나온 날이었다고 한다.

나야 당연히 기억이 없지.

유난히도 유별나서 엄마가 바싹 마르셨다고.

잠도 안 자고 울어 대서 오죽하면 외할머니가 저러다 내 딸 죽겠다고 무당을 부르셨다고 한다. 무당이 다녀간 후 그날 참 잘 자더니 다음 날부터 바로 다시 울어 대기 시작.

세상 부족한 것 없는 영유아 시기를 보냈지만, 사실 기억이 나지 않는다. 사진을 보며 내가 갖춰 입은 것들 아니 엄마가 갖춰 입힌 것들로 추측만 할 뿐.

엄청 활발한 성격으로 자란 터라 생활기록부에 항상 주위산만이 빠지지 않았고 잘 먹었는데 키는 자라지 못해 초등학교 때 전교에서 제일 작았던 걸로 알고 있다.

남들 앞에서 장기자랑 하는 걸 너무 좋아했고

그땐 왜 그렇게 친구 집에서 테이프 틀어 놓고 벌건 대낮에도 춤을 췄나 모르겠다. 중학교를 그냥 아무 생각 없이 다녔던 것 같고 그저 친구가 좋았던 때였던 것 같다.

집안에 부도와 동시에 중3 때부터 급 공부를 시작해 간신히 인문계 입학.

고등학교 다니면서 이제서야 아! 공부를 해야 되는구나, 생각만 했고

여전히 형편은 안 되는데 예체능을 기웃기웃했던 것 같다.

결국 졸업하고 진로 방향을 결정 못 하고 각종 알바를 했다.

그러다 개그우먼이란 직업으로 현재도 퇴직 없이 열심히 내 일을 하고 있다.

오히려 상대방을 웃기는 직업을 갖고 내 웃음을 잃어 갔고 점점 어두워지고 낯도 가리게 되는 사람이 되었다.

그러다 2021년 1월 23일.

엄청 밝은 남편과 결혼 후 나는 다시 태어났다.

사실 결혼을 앞두고 참 걱정이 많았다. 내가 남편화가 된다면 너무 좋은데, 행여나 나의 어둠이 남편에게 옮진 않을까?

그래서 나는 정신과를 다니기 시작했다. 아주 아주 예전에 기억들도 다 꺼내며 1대1 상담을 했다. 울기도 하고 분노하기도 하고 몇 차례 꾸준히 다녔다.

한번은 아기를 가질 거냐는 선생님의 질문에

갖고 싶지 않다. 우리 아이는 나 때문에 태어나면서부터 욕을
먹을 것 같다.
그래서 미안해서 갖고 싶지 않다고…
남편한테도 내 남편이라서 미안하다고 했다.
정신과 선생님도 놀라며 그런 일어나지도 않는 일로 안 갖는
다는 건 말이 안 된다며, 그리고 남편이 선택한 너고 남편이
선택한 결혼인데 그게 왜 미안하냐고.
생각보다 많이 심하다 하셨다. 그때의 상담 덕인지 모르지만
아직 부족하지만 다행히 남편의 밝음이
나한테 옮아가고 있다.

마지막으로 2022년 9월 8일.
내 딸이 태어남과 동시에 나와 남편은 다시 태어났다.
처음엔 너무나도 시아버지를 닮게 태어난 딸이 어색했고
제왕절개로 내 몸이 너무 아프다 보니
출산에 대해 그렇게 와닿지 않아
내가 모성애가 없는 줄 알았다.
내 모성애를 확인했던 때가
너무나 모유가 안 나와 고통스러울 때
유축기를 써도 벽만 타고 밑에 깔린 게 없이 그거라도 냉장고
에 넣으러 갈 때
누군가가 짜놓은 네 통의 모유를 보고 '어쩜 저분은 매끼마다

네 통씩 짜낼까? 하나 가져가고 싶다' 생각했을 때였고,

나도 엄마구나 했다.(오해마세요. 생각만 했어요, 생각만.)

기른 정이 더 무섭다는 말이 맞나 싶을 정도로

처음의 어색함과 달리

시간이 지날수록 아이의 맑은 눈이

나를 응시하는 날이 많아질수록

안을수록 느껴지는 아이의 무게감만큼

사랑도 같이 커지고 있었다.

내가 제일 중요했던

그냥 나 하나 잘 챙기고 살기도 벅찼던 내가

무엇과도 바꿀 수 없는 한 생명을 더 챙기게 된 거다.

언제였지… 나 죽고 딸 살릴 수 있다면 나 하나쯤이야,

하는 생각이 들었던 때가 있다.

그때 굉장히 기분이 묘했고 묵직한 감정이 올라왔다.

그렇게 남편과 나는 부모가 된 거 같다.

현재 나는

엄마 생각 많아진 딸이 되었고

사랑받고 사랑 주는 아내가 되었고

무엇과도 바꿀 수 없는 딸의 엄마가 되었다.

Ⅱ.

슬플 때
웃는 게
일류

"정말 아무것도 일어나지 않은 평범하고
무탈한 하루가 얼마나 귀한 건지.
그게 얼마나 좋은 건지. 그리고 그게
얼마나 어려운 건지…
철없던 때 특별함을 갈망하던 나는
오늘도 무사히를 마음에 품으며
평범한 하루를 항상 꿈꾼다."

나라는
친구

22

내 친구 아름이는 평화주의자. 너무 잘 알지.

명진이는 매운 거 못 먹어. 너무 잘 알지.

나의 친한 친구들에 대해 소소한 것까지 잘 아는데 정작 24시

간 아니 평생을 함께하는 나라는 친구에 대해 잘 알고 있나?

막연히 생각하지 말고 한번 쭉 써보면 어떨까.

나는 겉과 달리 속이 촉촉이 뭐야,

눅눅한 상태 쿠크다스 멘탈이고

무대에서 끌어올리는 밝음을 가지고 있으나

일상생활은 독립영화 감성. 그것도 흑백 무성영화 감성이다.

고향이 경상도라는 핑계를 대고 싶지 않지만

무뚝뚝한 편이고 노래방 가면 서문탁 노래를 시작으로

락발라드만 부를 정도로 탁성이지만

담배도 안 펴, 술도 못 마셔, 흥도 많이 없다.

사탕은 좋아해도 사탕 발린 말은 좋아하지 않아서

누가 끈적하니 접근하는 것도

내가 끈적하니 접근하는 것도 체질상 안 맞다.

윗사람 울렁증이 있어 회식 자리에도 가장 끝 모서리에 앉아

산해진미 양껏 먹다가 조용히 빠진다.

사회성이 떨어짐에도 불구하고 정이 유난히 많아,

알려진 것과 달리 주변에 사람이 많은 편이다.

눈빛 매서운 거치고는 그렇게 약지 못하고 꾀?도 없다.

그저 생긴 대로 사는 스타일.

그러다 보니 오해도 많고 가십도 많다.

도마 세척할 시간도 아까울 정도로 도마 위에 자주 올라가 있었던 것 같다.

동물 너무 좋아한다. 식물은 좋아하면 안 될 정도로 나한테만 오면 오래 못 산다.

벌써부터 써내려 가는 게 좀 막히기 시작했는데… 또 뭐 있지.

학창시절엔 오늘 만난 친구도 10년 지기처럼 잘 지냈는데 나이 들수록 낯을 많이 가린다.

은근 트로트와 어울리지만 힙합을 사랑해서

힙합 페스티벌 가서 푸쳐핸섭 하고 팔은 흔들지 못하지만 조용히 현장에서 듣고 조용히 집으로 온다.

영상미디어를 전공했지만 학교 다닐 때도 거의 대본을 쓰고 기획을 했고

촬영 편집은 가장 능력자들을 조원으로 꾸려서 실질적으로 편집 촬영을 못 한다.
유튜브 시대가 올 줄 알았더라면…

결론은 나도 나를 잘 모르는데
어찌 나를 다 안다고 평가를 하고 댓글을 쓰고 할까?
참 아이러니하다.

한동안 오늘의 운세 어플에 꽂혔던 적이 있다.

다가올 내일을 미리 대비하는 차원에서?

대비를 떠나 생각보다 그 내용들이 하루를 지배하더라.

"친구랑 다툴 수 있다. 조심해라."

"생각지 못한 지출이 생긴다."

"귀인이 나타난다."

그럼 그날은 친구들이 기분 나쁘게 틱틱거려도 굳이 참았고

지출이 아예 생기지 않게 지갑도 안 들고 나간 적도 있다.

그날 만나는 사람마다 귀인일까 싶어

큰 의미를 두고 커피를 몇 잔을 샀나 모른다.

생각해 보니 내가 그냥 오늘의 운세가 시키는 대로 맞춰서 살

고 있더라.

그래서 과감하게 어플을 지웠다.

그럼에도 불구하고 새해를 맞이하면서

보는 신년운세는 포기할 수 없지!

매년 초는 예약이 힘들고 3월쯤 되면 어김없이 신년운세를 보러 갔다.

올해는 보러 가고 말고 할 것이 없는 게

2025년엔 돼지띠, 토끼띠, 양띠가 삼재라고 여기저기서 나오더라고.

83년생 돼지띠… 나도 올해 삼재네…

그런데…

이상하다. 나는 계속 삼재였던 것 같은데, 또 삼재라고?

신년운세도 못 믿겠구만…

알바
리스펙

"알바가 뭔지 모르게 살게 할 테니, 공부 열심히 하고 하고 싶은 거 해"라던 부친의 말은

입속에 달달한 희망을 주고 바로 녹아 버리는 이 사이에도 끼지 않는 솜사탕마냥 사라지고 나는 친구들이 대학교에 입학해 캠퍼스를 누빌 때, 각종 알바를 누비고 다녔다.

나의 첫 알바는 고깃집 알바였다.

나 때는 어플이 무슨 말? 전봇대에 붙어 있는

'용모단정 홀서빙 두명.'

너 단정? 나도 단정?? 서로가 거울이 되어 주고 친구랑 바로 들어가서 면접 보고 내일부터 출근이었지.

출근 첫날 분명 홀 두 명이었는데 내 친구에게는 홀에서 맨발은 안 된다며 살색 팬티스타킹과 양말을 나한테는 팔토시를 줬다.

그리고 웬 삼촌이 오셔서 클럽 다닐 때도 잡혀 본 적 없는 내 손목을 잡고 밖으로 나가셨다. 뜨거웠던 대프리카보다 더 뜨거운 숯불 앞에 자리를 내어 주시네.

그렇다. 나는 불 담당.

무슨 일이든 우직하니 소처럼 하는 스타일이라 열심히 숯불에 불을 피웠다.

가장 억울했던 건 내가 피운 숯불을 삼촌이 들고 홀에 가신다는 거.

박진영 씨도 본인이 만든 노래는 'jyp'라고 드러내는데,

왜 나는 내가 피운 숯불을 내가 들고 가지 못하는 것인지…

그러다 어느 날 홀 입성의 기회가 왔다. 삼촌이 감기로 못 오셔서 내가 피운 불을 직접 들고 들어가게 되었다.

전날부터 얼마나 설레던지 거울 보고

"불이요", "불 들어갑니다", "잠시만요 불이요",

입에 맞는 멘트로 연습까지 했다.

불이요~ 하고 굴렁쇠 소년마냥 숯불을 들고 들어간 테이블.

내가 짝사랑하던 친구가 가족들이랑

고기를 먹으러 온 것이다.

"맛있게 먹어" 하고 얼른 나왔다.

그리고 아무리 알바지만 내 직책을 원망했다.

내가 부엌 담당이었다면 고기라도 몇 점 더 주는 건데,

아무것도 해줄 수 없다는 생각에

후다닥 숯불 두 개를 더 피워 다시 테이블로 가서 넣어 주며

"이렇게 하면 더 맛있게 익을 거야."

나와서 거울을 보니 코밑이 어찌나 까맣던지…

누가 보면 인중에만 2차 성징이 나타난 줄.

그날로 나는 고깃집을 그만뒀다.

두 번째 횟집 알바.

오픈 멤버로 드디어 홀!

정말 바쁜 곳이었다. 그래도 좋았다. 홀이잖아~.

전쟁통에도 사랑은 싹튼다고 그랬나. 홀 언니랑 회 실장님이
눈이 맞아 주말에 안 나와 버렸다.

홀도 영광인데 솔로 활동을…

진짜 밥 챙겨 먹을 시간도 없이 상 차리고 상 치우고 시간이
얼마나 지났나?

발바닥이 따가워질 때쯤

회 팀장님이 나를 불렀다.

팀장님: "사람 뒤통수 쳐본 적 있어."

나: "아니요. 없는데요. 저는 누가 제 머리 치는 것도 싫어해
요."

팀장님: "됐고. 생선 대가리 좀 쳐서 넘겨줘."

식칼을 뒤집어 "에잇" 하고 쳐서 넘기고,

"에잇" 하고 쳐서 넘기고

내가 머리 친 광어가 몇 마리인지…
가끔 내가 일이 꼬이거나 안 풀릴 때
그때 살생을 많이 해서 이러나 싶을 때가 있다.

그 후로 나는 광어를 안 먹는다.
우럭 먹는다.

요즘도 용모단정 많이 보나?
용모보다 내 경력을 봐주세요?
하고 싶지만 뽑는 사람 마음인지라,
나한테 월급이란 걸 주는 사람 마음인지라 입을 닫는다.
대신 용모단정 기준 정확히 써줘.
키 몇, 얼굴은 달걀형, 눈이 지름 몇 센치 뽑습니다! 이렇게~
내 이력서 종이 아끼게
헛걸음 안 하고 내 시간 아끼게.

결혼 전까지 나는 엄마랑 함께 살았다.

지금은 엄마 집이라 부르는 그 집 방 한 칸은 많은 인형들과

조립된 레고가 가득 차 있다.

놀러 왔던 손님들이 그 방을 들어가면 눈이 휘둥그레지고

"귀엽다, 이쁘다" 하지만

나는 그 방이 싫다. 마음이 아프다.

일이 정말 하나도 없고 집에 있는 시간이 길었을 때

24시간이 48시간 같이 길었을 때

엄마랑 같이 살았으니

슬픈 감정, 우울한 감정도 뿜어내기 쉽지 않았을 때

나는 일이 있는 척 밖으로 나왔다. 그리고 친구 집으로 갔다.

친구는 일을 갔고 빈집에 나 혼자 있는데

더욱더 현타가 오더라.

그래서 시작한 게 레고다.

친구가 돌아올 때까지 레고를 맞추고 있다 보면 시간이 정말 빨리 간다.

잡생각 하나 없이 하루를 채울 수 있었다.

이것도 몇 개월 하다 보니

너무 빨리 조립해서 공허한 시간이 또 생기니까,

그때부턴

두 가지 종류의 레고를 우르르 쏟아 섞는다.

그렇게 찾아가며 만들다 보면 또 시간이 후다닥 간다.

그렇게 친구가 오면 밥을 먹고 집으로 돌아왔다.

그렇게 우울했고 비참했고 공허했던 나를 채워 준 레고다.

그게 하나하나 모이다 보니 방을 가득 채우게 된 거다.

꼬박 3일 걸려 완성되는 디즈니 성처럼

사이즈도 점점 커져 갔다.

결국 우울증이 많이 사라졌다.

이게… 하다 보니 돈이 은근히 많이 드는 거다.

레고방을 한번 쭉 둘러보니 이게 다 얼마야?

차라리 정신과를 다닐 것을!

너무 비싼 치료인 걸 알고 난 후 바로 우울증이 고쳐졌다.

우울증 고치려고 시작했다가 이거 더 우울해지겠더라고.

요즘은 레고 살 일이 전혀 없다. 일도 많이 생겼고.

남편도 아이도 함께하는 디즈니 성이 아닌 내 성이 완성되었으니까~

꽃이
좋아질 나이

26

꽃은 내가 받은 선물 중 가장 화려하고 가장 빨리 변한다.

세상 이쁜 꽃병에 담아 정성을 다해도 일주일을 못 간다.

결국 시든 꽃은 어디로 가나 쓰레기통으로 간다.

결국 이쁜 쓰레기인 것이다.

그래서 나는 꽃을 좋아하지 않는다.

더욱이 내 돈으로 사는 법이 잘 없다.

그런데 나이가 들수록 꽃이 너무 좋다.

계절마다 다른 꽃이 피는 것도 좋고 각기 다른 향이 좋고

보고 있노라면 마음이 보는 꽃색으로 물드는 느낌이다.

공연이나 전시를 하는 사람들이

가장 많이 받는 것이 도넛과 꽃다발이다.

공연을 자주 하다 보니 꽃다발을 자주 받는다.

그런 꽃을 나는 하나도 빠짐없이 가져와

화병에 색을 맞춰 꽂아 둔다.

가끔 고급 호텔 결혼식을 다녀오는 날이면

식사 후 어김없이 이쁜 꽃들을 모아모아

꽃다발로 만들어 온다.

꽃이 좋다. 늘 같은 집에 큰 인테리어 변화 없이

존재 자체로 분위기를 바꿔 놓는 꽃이 좋다.

반대로 눈이 싫다.

자는 중에 눈이 와도 벌떡 일어나 창문을 열었던 내가.

까만 밤에 더 선명한 하얀 눈을 보면

눈도 맑아지고 나도 하얘지는 것만 같았는데…

밖으로 나가 어차피 껴도 차가워지는 장갑을 끼고

훗날 내 몸과 흡사해질 눈사람 몸을 굴리던 때가 있었는데…

이제는 눈이 오면

아… 내일 한 시간 일찍 나가야겠네…

아… 더 오면 안 되는데…

그저 출근길과 퇴근길 걱정이 앞서는 존재가 되어 버렸다.

그래서 올겨울은 눈이 얼마나 온대?!

27

가장
어려운 말

나는 항상 단발 로망이 있다.

내가 중학교 다닐 때는

기를까? 자를까?? 생각하지 말라고

모두 귀밑 일 센치 단발을 해야 될 때였다.

저마다 얼굴에 자리 잡고 있는 눈, 코, 입이 다르기에

같은 단발도 다 달라 보였다.

누구는 몽실이 언니, 누구는 엄청 세련된 느낌이었다.

물론 나는 몽실이 쪽.

단발로 살다 고등학교 입학과 동시에 두발 자유를 주셨기에

머리를 길러 묶고 다녔다.

이상하게도 코가 유난히 길고 얼굴도 여주상인 나는

머리를 기를수록 남상이 돋보였다.

그렇다고 단발도 썩 어울리진 않지만

어찌 되었든 나는 지금까지도 완벽한 단발의 미를 꿈꾼다.

조금만 머리가 길어도 자르러 가거나

볶으러 가거나 가만 두는 법이 없다.

평소엔

보기와 달리 택시가 돌아가도 "왜 돌아가세요" 말 못 하고

옷 사러 가도 "조금만 깎아 주세요" 말 못 하지만

미용실만 가면 전부터 캡처해 뒀던 외국모델의 단발펌 혹은

단발컷을 보여 주며

또박또박 "이렇게 해주세요"라고 한다.

이 말이야말로 가장 어려운 말이다.

이렇게 한다고 이렇게 되냐고? 이렇게는 할 수 있는데 이렇게

보여질 수 있냐고?

그래도 이렇게 될… 수도? 있겠다는 희망으로

선생님의 동공에 내 동공을 딱 맞춰,

눈빛으로 "선생님을 믿어요"를 뿜어낸다.

성형이 아닌 이상 나를 가장 크게 변화시킬 수 있는 곳이니까.

미용실만 가면 없던 희망도 다 끌어모아 품고 가는 것 같다.

꼭 캡처해 간 사진에 피사체처럼 될 것 같은 희망.

열펌 중인 모습이 거울에 비춰지고 기계가 머리 위를 윙윙

지나갈 때까지만 해도 희망은 계속된다.

머리를 감고 와 거울에 비친 가장 별로인 내 모습을 보고도

희망은 조금 더 계속된다.

사진과 다르다. 머리가 아닌 내 이목구비가 다르다는 것은

드라이 후 알게 된다.

그럼에도 불구하고 다음에 또 많은 사진들을 캡쳐해
가장 어려운 말을 하겠지.
"이렇게 해주세요."

다른 건 몰라도 신중하게 하는 일이 있다.

손톱 깎는 거.

아무 데서나 깎는 법이 절대 없고

무슨 대단한 의식을 치르듯이

행여나 손톱이 어디론가 튈까 싶어 눈과 귀를 활짝 열고

최대한 지그시 눌러 으깨듯 자른다.

어릴 때 다들 봤던 혹은 오디오로 들었던 전래동화 기억하나?

손톱 먹은 쥐. 깎은 손톱을 아무 데나 뒀다가

쥐가 먹고 나와 똑같은 사람이 된다는 동화라기엔

좀 섬뜩한 이야기.

맞다, 그거다.

어쩌면 어떤 한 어른이 아이가

깎고 대충 둔 손톱, 발톱에 발바닥이 찔려

단단히 화가 나 만든 교육용 전래동화일 수도 있겠다 싶지만…
어찌 되었든 그럼 나한텐 아주 제대로 교육이 된 거 같다.

나 같은 예민한 사람은 나 하나면 된다.
나 같은 예민한 거에 비해 전혀 마르지 않은 사람이 또 생기면 안 된다.
절대 나 같은 사람이 또 생기면 안 된다.

진짜
리더

"엄마가 밥했어. 맛있게 먹어. 남기면 안 돼요."

흙으로 밥 지어 줬던 소꿉놀이에서도 엄마.

"자 오늘 며칠이지? 23번 인사해 보자. 선생님께 경례."

초등학교도 졸업 전인 내가 나보다 어린애들 데리고

인사받았던 학교 놀이에서도 선생님.

조별 과제 때도 조장.

학과에선 학회장.

그저 그렇게 가장 강하고 두꺼운 엄지손가락이 되고 싶었고

그렇게 살아왔던 나.

뭐든 인정받고 칭찬받길 좋아했던 그때.

그때는 몰랐다. 완장의 무게를 다수를 위한 희생을.

그렇게 중간이 가장 편하구나를

알아 가던 때부터 알게 되었다.

그리고 완장을 티내지 않으며 무리와 섞여

하나같이 보이는 리더가 진짜 리더라는 걸.

식당을 가도 내가 주인이네, 카운터에 있는 주인보다

앞치마 매고 직원인 듯한 주인이 더 돋보였던 것 같고

방송 생활을 하면서도

그저 녹화가 끝날 때까지 누가 피디님이지? 하고 모를 만큼

존재를 드러내기보다 제작진 속에 일부가 되어

일하던 피디님이 은근 멋있어 보였고

정말 본인이 필요로 할 때 묵직한 한방을 보여 주고

다시 무리로 들어가는

여튼 그럼 사람들이 진짜 리더라 생각한다.

결론은 같이 일하는 동료들을 자기 틀이 맞다며 가두지 않고

각자의 포지션을 인정해 주고

실수는 과감하게 질타하고 본인의 실수도 덮기보다

인정하고 사과하는

그런 멋진 리더.

팀을 받쳐 주지, 통으로 묶어 억지로 끌고 가지 않는

그런 리더.

그런 진짜 리더는

따르라 하지 않아도 알아서 따르는 사람들이 많더라.

그래서 그런 리더가 되고 싶냐고?

아니…

리더는 잘해도 욕먹고 못해도 욕먹던데~

그냥 엄지손가락이 아닌

세 번째 중간에 안전하게 자리 잡고 있는

하지만 쓰임이 많은, 세 번째 중지처럼 살래.

굉장한
능력

나는 엄청난 능력을 가지고 있다.

뭐든 내 손에 들어오면 제명대로 살지를 못하는…

그도 그럴 것이 엄청난 기계치다.

기계치 주제에 설명서도 거의 읽지 않는다.

대충 기본적인 끄고 켜고 누르는 정도만 익힐 뿐.

그러다 보니 피카츄도 아닌데 내가 만졌다 하면 고장이 난다.

제 기능도 모르면서 사진 느낌이 좋다는 이유로

내 폰은 아이폰이다.

사진 느낌이 얼마나 좋으면 어디 옮겨 놓지도 않고 사진이 12
만 6천 개, 동영상이 1만1천9백 개.

이토록 아이폰 뇌를 꽉꽉 채워 놓고 점점 느려지니 스티브 잡
스가 일부러 2년 이상 못 쓰게 만드는 거니 하면서, 약정 2년
못 채우고 항상 폰을 바꾼다.

그럼에도 불구하고 내 손에서 5년 이상 살고 있는 것이 있으니

그게 바로 신혼 때 신혼집을 채우면서 내돈내산 한 여인초다.
푸르디푸른 세 잎 정도로 시작한 여인초.
햇빛 드는 거실 창 쪽에서 있는 듯 없는 듯하던 여인초는
자고 일어나면 불쑥불쑥 자라나
잎은 10개 넘게 퍼져 창문을 가릴 정도로
존개감을 제대로 뿜어냈다.
뭔가 이 친구가 새잎을 올려 보낼 때마다 내가 더 잘되는 것만
같았고 기분도 좋았다. 그렇게 작은 화분에서 아주 큰 화분으
로 분갈이도 하고 어느덧 키도 주인보다 더 커졌다.
미신을 아주 조금은 믿는 주인은, 집주인보다 키가 큰 식물
은 안 좋다 하여 나름 키 큰 잎을 과감히 잘라 내기도 했고
내 몸 하나 건사하기 힘들 정도로 바빠져 물 주는 걸 잊기도
했다.
그러다 보니 시들어 마른 잎도 생기고
두 번의 이사를 함께 하며 다친 잎들도 있었다.
그런 잎들을 정리하니 정말 출산 후 빠진 머리숱을 가진
크게 늘어진 잎 두 개를 간신히 붙잡고 있는
엉성한 여인초가 되었다.
이 친구를 이제 보내 줘야 되나 보다 할 때쯤
다시 잎이 올라오기 시작했다.
한편으로 무섭고 한편으로 대단한 우리집 여인초.
요즘은 나만 영양제를 털어 넣는 게 아니라

같이 나이 들어가는 여인초한테 영양제도 주고
쌀뜨물도 부어 준다.
동거 5년 차 식물이란 걸 키울 자격도 없는 주인 옆에서
그 어떤 것도 2년 이상 못 버티던 기계 식물들 보란 듯이
아직도 무던히 새잎을 올려 보내는 여인초야,
고맙고 미안하다…

그나저나 아이폰을 약정기간 3배 넘게 쓰고 있는 사람들.
빨대만 한 이름 모를 식물을 "집 안에 나무가 있네" 할 정도로
성장시킨 사람들이야말로 진짜 굉장한 능력자!

슬플 때 웃는 게
일류

힘들 때 웃는 게 일류다.

가장 솔직한 감정을 뿜어냈던 게 갓난아기 때가 아닐까?

배고파서 울고 잠 와서 울고 놀라서 울고

즐거워서 웃고 기분 좋아서 웃고 배불러서 웃고.

그랬던 우리는 한 살 한 살 나이를 먹을수록

감정을 누르고 또 누르고

감정 전에 이성적인 판단이란 과정을 거친 후

내가 나를 가스라이팅하며 속이면서 살고 있다.

그래서 완벽한 웃음도 완벽한 울음도 없이

애매하게 희석한 감정들을 종종 뿜어내면서

심지어 행복해 죽겠는데

겸손이란 단어를 씌워 누르고 억제한다.

그렇게 감정 컨트롤이란 있어 보이는 말로

한 살 한 살 어른이 되어 간다고 착각하고 살고 있다.

그래서 이런 말도 나온 게 아닐까?
힘들 때 웃는 사람이 일류다. 일류는 무슨… 오류다.
힘들 때 힘들다고 주변에 말할 줄 알아야 되고
힘들 땐 소리도 질러 보고 원 없이 울어도 봐야 된다.
그래도 눈뜨고 일어나면 다시 힘든데… 웃기까지 하라고.
보여지는 감정 때문에 속 깊숙한 곳이 따가워 미어지라고?
모두에게 좋은 사람처럼 보여서 모두에게 잘 살아가는 것처럼
보여서 결국 누구에게 좋은 것일까?
최근 SNS에서 충격적인 광고? 영상을 접한 적이 있다.
친구 둘이 축구인가 야구 경기를 보고 있다.
한 친구는 응원도 하고 엄청 신나서
앉았다 일어났다 소리도 질러보고
한 친구는 무심하게 그냥 아무런 미동 없이 앞만 보고 있다.
시간이 지나 무심하게 앞만 보던 친구 혼자
경기를 보고 온 것으로 영상은 끝난다.
내 감정으로 나와 상대방을 속이진 말자.

힘들 때 웃는 사람은 일류가 아니라 무섭다라는 말이 맞겠다.
난 그냥 삼류, 사류 할란다.

우연히 라디오에서 식당에서 카페에서 나오는 익숙한 노래들.
익숙한 냄새에 반응하는 후각만큼
익숙한 노래들이 청각을 자극하면
머릿속에는 그 음악을 들었던
그때의 추억들이 잔잔하게 올라온다.
매년 들어도 빛바래지 않는 노래
내 상황에 맞을 때 들으면 더 와닿는 노래
누군가가 다시 불러 주면 역주행해서 다시 각인되는 노래
같은 노래를 불러도 다 다르게 부를 수 있는 노래.

다음, 그다음을 생각하게 되는 코미디
과거보다 현재에 맞춰
아니 현재보다 발 빠르게 창작해야 하는 코미디
요즘은 더 빨리 잊혀지는 코미디를 하다 보니

가끔은 20년 전 묵은 CD를 꺼내 틀어도 새롭게 들리는 노래
가 부러울 때가 있다.

그래서 오늘
코인 노래방 가야겠다.

내 노래방 18번.
조장혁 '중독된 사랑'
임재범 '비상'
이승철 '말리꽃'
최재훈 '외출', '비의 랩소디'

아…
이래서 남사친들이 나랑 노래방 가는 걸 안 좋아하는구나…

시작했으나 끝이 미약이 뭐야, 아직 끝을 못 본 거 다이어트.

얼굴에 살이 없고 팔다리가 가늘어 완벽한 거미의 모습을 하고 있는 나.

평소에 몸뚱어리는 가리면 그만. 노출되어 있는 부분은 그다지 찌지 않아서

그저 이 정도면 통통임, 하고 만족했는데

심지어 욕실에 전신거울이 없다 보니 내 몸 내가 자세히 본 게 옛날 옛적이라

치약이 배 위에 떨어져도 그저 점성 좋은 치약이군, 치약 칭찬만 해댔는데

최근 들어 몸에 비상신호가 왔다.

발바닥이 아파 오기 시작한 거다!

자칫 잘못하면 앞자리 7이 될 수 있는 위기!

생각해 보면 안 해본 다이어트가 없다.

너무 행복했던 황제 다이어트.

고기로 하는 다이어트는 나한텐 껌이지! 생각했는데

내 입은 고급이 아닌지라 소고기는 안 맞더라.

기름기 사이사이 끼여 있는 오겹살이 맞더이다~

그래서 실패!

레몬디톡스. 외국에서도 유명 연예인들이 많이 하고

물을 많이 마셔 피부도 좋아진다 하여 시작.

아메리카노 마실 때 항상 디저트와 함께하는 나는

레몬물도 액체인지라 씹을 게 없어,

이가 제구실 못 할까 걱정되어

빵 과자와 함께 곁들였다.

그래서 실패!

의학을 힘을 빌려 삭센다란 걸 시작.

식욕을 떨어뜨려 준다 하여 배에 주사를 놓았다.

다른 건 기억 못 해도 밥시간은 기억하는 뇌라서

식욕이 떨어지는 걸 알고 있어도 시계가 점심시간을 가리키면

점심.

저녁시간을 가리키면 저녁을 밀어 넣는 바람에

그래서 실패!

웬만한 사람들은 성공한다는 한약 다이어트를 시작.

한약 하나 먹고 쓰다고 사탕을 많이도 때려 넣다 보니

그래서 실패!

다음은 위고비? 해봐?
그나저나 곧 죽어도 운동한다는 얘기는 없네…
지금도 노트북 왼쪽엔 크게 한 입 물어 재낀
백설기가 하얗게 질려서 쳐다보네.

누구나 힘든 구석 하나 없지 않을 거라 생각한다.

나한테도 지독하게 힘들었던 5년이란 시간이 있었다.

매일 베개를 적시면서 아…

사람 눈에서 이토록 많은 눈물이 나올 수 있구나,

하는 인체의 신비를 느꼈던 때이며

뭐 하나 제대로 먹지 못했던 터라,

어느날 쏙 들어간 내 배를 보며

역시나 마음고생이 가장 좋은 다이어트 법인가?

하는 헛생각이 들기도 했던 5년.

그사이 몇 번이고 살고 싶지 않다 생각했고

살지 않는 법을 검색했던 것 같다.

그 첫 번째 시도.

한파주의보가 떨어진 너무도 추운 겨울.

발가락 끝에서부터 머리끝까지 뜨거워지며

정말 오늘이 나의 마지막 날이다, 했던 그날.

16층 내 방 창문을 과감하게 열었다.

얼마나 추웠으면 "찌익" 하고 억지로 열리던 창문.

"그래 한 번에 갈 수 있겠다. 눈 한 번 질끈 감고 가자."

창문틀에 한쪽 다리를 걸치는데, 와….

너무 춥더라. 바로 다리 넣고 문을 닫았다.

"그래. 따뜻한 봄에 가자."

가혹하게도 봄은 너무 빨리도 오더라.

다시 한번 16층 창문을 열었다, 와….

아파트 조경 너무 잘해 놨더라. 새까지 지저귀는데

바로 힐링이 되어 버렸다.

두 번째 시도.

그래 영화에 보듯 욕조에 물을 받고 손목을 그어 보자.

사실 영화 보면서 항상 느낀 건데

그 어떤 방법보다 가장 독하고 가장 의지가 강한 방법인 게

언제든 손목 잡고 뛰쳐나와 병원에 가지 않고

욕조에 하염없이 누워 있다는 건…

정말 더 이상 살아갈 생각이 없다는 거지.

여튼 나도 욕조에 물을 받았던 그날.

어차피 파상풍이 걸려도 상관없는 몸인데

녹슬지 않은 새 칼을 찾고 있던 나.

결국 하나 찾아 손에 들고 물이 가득 찬 욕조 앞에 섰다.
순간 물 안에 손을 넣고 '너무 찬데!' 하며,
빨간 온수를 더 틀던 나.
너무 차면 어떤가? 어차피 갈 사람이
결국 러쉬 풀고 입욕을 했더랬다.

세 번째 시도.
나름 죽음의 방법들을 검색까지 했던 나.
사람이 시간이 많으면 안 되는구나 생각하면서도
이것저것 열심히도 검색했었던 날.
그래 목을 매자!
보통 욕실에서 자살하신 분들이 많이 발견되는 건
다른 곳에 매면 약해서 떨어지게 된다고 한다.
확실히 떠나지 못하다 보니
욕실 천장 한 조각을 떼내서 배수관에 묶기 때문이라 한다.
그래도 알려진 사람이니 가장 이쁜 스카프 하나를 찾았고
정말 가겠다 결심한 그날 천장을 봤다, 와….
우리 아파트 욕실 천장은 통타일이더라.
내가 떠나려면 인부를 불러 제가 세상을 등질 건데,
이 부분 조금만 뜯어내 주세요, 라고 해야 될 판.
결국 이날 이후 나는 살자! 살라고 이러나 보다.
아니 내가 너무 살고 싶은 거다라는 결론을 낸다.

예전에 내가 살아 있어서 이런 일을 겪네, 였다면
요즘은 살다 보니 이런 날이 오네라는 말을 많이 쓰게 된다.

정말 5년 동안 내 발밑에 있던 건 다 똥이라 생각했다.
똥밭 위에 간신이 서 있다 생각했는데…
생각해 봐라. 똥이야말로 최고의 천연 거름인 것을.
똥이 아닌 지금에 내가 있기 위한 거름이었다는 것을 지금에
서야 느낀다.
무언가로 괴롭거나 힘들다면, 나처럼 수년 걸리지 말고
빨리 일어나라. 그리고 살아가자.
내가 서 있는 곳이
똥밭이 아니라 거름밭이라는 걸 알 때까지~

글을 쓰고 있는 지금 아랫배가 묵직한 게 거름 싸러 가야겠다.

다시 태어나도
맥시멀리스트

나는 컵성애자다.

컵이 웬만한 그릇장에 반 이상을 차지하는데도 불구하고

보기만 하면 사는 게 컵이다.

컵 수납장을 열면 각양각색으로

한껏 멋을 뽐어내는 컵이 가지런히 있다.

크리스마스트리 필요 없을 정도랄까.

한 번도 쓰지 않은 그저 수납함에 장식용으로 있는 컵.

손만 내밀면 닿는 곳에 있는 가볍디가벼운 막 쓰는 물컵.

마시는 음료에 따라 컵도 달라야 한다며 꺼내 쓴다.

그게 내가 컵을 대하는 자세다.

이쁜 컵에 뭔가를 담아 마시면

마지막 한 모금까지 기분이 좋다.

그 컵을 들고 있는 내 손도 이뻐 보인다.

나는 양말성애자다.

양말이야말로 사도 사도 끝이 없다.

전체를 계산해 보면 어마어마하지만

하나씩 살 때는 부담이 전혀 없다.

옷방 큰 서랍 두 개가 양말로 가득 채워져 있고

심지어 비닐도 뜯지 않은 새 양말들이 가득하다.

그럼에도 보이면 또 사는 게 양말이다.

원단도 다르고 같은 색이라도 미묘하게 차이가 나는 양말.

양말은 구멍 나기 전까지 신는 거 아닌가? 하는데…

양말은 발에게 입히는 옷이라 생각한다.

그게 내가 양말을 대하는 자세다.

그외 내가 모으는 것들.

보기만 해도 아기자기 이뻐 못 사는 스티커들

정작 편지 써서 남들 주면 없는 이쁜 엽서들

이미 양껏 모아 뒀던 피규어, 레고, 빈티지 인형들

운동도 안 하면서 사는 운동화들 등등.

심지어 내 물건은 잘 버리지도 않는다.

지금 보면 나는 굳이 쓰지 않아도

내가 좋아하는 이 모든 것들이

내 시선 안에 다 있었으면 하는 것 같다.

이것도 일종의 병일까?

뭐가 되었든 다음 생에도 나는 이쁘고 소소한 그것들과 함께

맥시멀리스트로 살련다.

그나저나 우리 딸도 티니핑 모으기 들어갔는데…

진짜 넓은 집으로 이사를 가야 되나?

진짜 꼬이고 꼬이는 날 한 번쯤은 있지?

어디 가서 소리라도 지르고 싶은데 마땅한 장소도 없고

어디라도 나가 보자 싶어, 차 몰고 나왔는데

앞에 차가 깜빡이도 안 켜고 치고 들어오네.

차마 창문을 내리지 못하는 소심함에 화가 나고

다시 만난 그 차 내가 좀 들어가려니

바짝 붙어 자리를 안 내준다.

그 배은망덕함에 또 화가 나고

차 안에서 소리 지르고 핸들 두드려 봤자,

내 손만 아프고 내 귀만 아파서 더 화난다.

그래도 배는 고파 식당에 들어갔는데,

맛이 없어 음식까지 나를 화나게 하네.

갑자기 두통까지 밀려와 카페인 수혈이 시급해

카페 가서 아아 시켰는데,

뜨아가 나와 버리네. 다시 기다리기 싫어 그냥 마실게요
하고 나왔는데
뜨거운 커피 한 입 넣자마자 다시 화가 올라오잖아.
퇴근하고 친한 친구한테
시시콜콜 있었던 일들을 열변을 토하면서 얘기했는데
공감은커녕 본인 얘기로 덮어 버려 더 화가 나고
뭐라도 신나게 던져 버렸으면 좋겠는데
돈 아까워 던질 만한 여유도 배짱도 없어 거기에 또 화가 나고
그래 화날 땐 잠이나 자자 했는데
아까 마신 커피 때문인지 잠은 안 오고
결국 평소랑 같은 시간에 잠든 내가 한심해서 또 화가 나네.

아침에 퉁퉁 부은 눈을 간신히 뜨고 생각해 본다.
나 어제 왜 화가 난 거야?
이렇게 사소한 게 쌓이고 쌓여 화가 나면서
정작 사소한 거에는 왜 행복하지 못할까??

나만 그래? 나만?
어제 내가 괴롭힌 나한테 미안해.

내가 생각하는 부자는?

재벌로 태어나 후계자 수업 들으며

물려받을 기업이 있는 사람?

메뉴판 가격 보지 않고 주문하는 사람?

이 집은 매일 청소를 어떻게 할까?

생각 드는 엄청 넓은 한강뷰 집에 사는 사람?

명품 가방 정도쯤이야 비 올 때 우산 대신 머리 위로 들고 뛰

는 사람?

정말 다 쓰러져 가는 집 줍다시피 했는데 재개발 확정돼서 엄

청 벌 예정인 사람?

로또 1등 된 사람?

건보료 엄청 많이 내는 사람?

SNS에 사진 한 장 올리지 않고 호텔 스위트룸을 내 집 드나들

듯하는 사람?
다 우리가 생각하는 부자 맞다.

그런데 내가 생각하는 부자는
(물론 돈이 많아야 가능하겠지만)
내가 하기 싫은 일을 안 할 수 있는 사람!
그게 내가 생각하는 부자다.
고로 나는 부자가 아니다.

아보카도

왠지 모르게 남들이 하면 너무 있어 보이고 부터 나는
몇 가지들이 있다.

그 첫 번째 아메리카노.
카라멜프라프치노, 카라멜마끼아또가 커피의 전부라 생각하
고 살았던 때.
쓰고 쓰고 마지막 한 모금까지 쓴 아메리카노를 마시는 사람
을 보고 있노라면
왠지 모르게 사연 있어 보이고,
왠지 모르게 고급스러워 보였다.
그래서 시작했다. 나도 마셔 보리라.
지금은 멋은 무슨…. 그냥 생활이 되었다.
사람 신체의 80프로가 수분이라 했던가?
하루 4잔 정도 마시는 아이스아메리카노.

내 몸의 80프로는 아이스아메리카노일 거다.

두 번째 배부르다고 남기는 디저트.
마지막 남은 한 입은 뭐가 되었든
양보하는 게 미덕인 우리나라.
나는 미덕 뜻을 모르나 보다.
마지막 피날레는 내 몫. 그도 그럴 것이
내 의지로 먹는다기보다
주변에서 으레 나한테 양보를~

밥을 먹고 왔다는 이유에서 또는 먹다가 배가 부르다는 이유
에서 남기는 사람들.
정말 그렇게 있어 보일 수가 없다.
있어 보임을 고급스러움을 늘 갈망하면서도
밥 한 끼 정도 가격인 디저트를 나는 도저히 남길 자신이 없다.

세 번째 아보카도.
왜지? 무슨 맛으로 먹지? 그냥 무염버터를 한 입 물어 먹는 거
같은…
끝엔 살짝 풀맛도 나는 듯한…
그런데 나는 샌드위치 위에 잔뜩 슬라이스해서
올라가 있는 아보카도를 보고 있노라면

그걸 한 입 베어 물고 있는 입을 보고 있노라면
정말 고급스러움의 끝을 보는 것 같다.
그래서 항상 속아 한 번씩 아보카도 샌드위치를 사본다.
어김없이 남긴다.
아보카도를 애정하는 사람들은
잔뜩 남긴 아보카도 샌드위치를 두고 자리를 뜨는
내가 있어 보일까?

지금도 내 아이패드 건너엔 제발 한 번 더 베어 물어 보라며
아보카도가 샌드위치에 잔뜩 누워 있다.

가끔은 정말 나를 위해 외로움을 자처해야 될 때가 있다.
주변의 아무것도 보지 않고 나만 오롯하게 보는 시간.

영화를 보고 나와 어땠어, 재밌었어.
맛집 갔다가 나처럼 이 친구도 맛있었을까?
먹는 내내 친구 감정을 읽는 게 아니라~

내 미각만 만족이든 불만족이든 하면 되는 혼밥.
재미있고 없고 나만 판단하면 되는 혼영화.

조수석을 비운 채
감정 흘러넘치는 음악 들으며 눈시울을 적셔도 놀리는 사람
없는 야간 혼운전.

창가를 정면으로 바라보며
상대방 커피 속도를 맞추지 않아도 되고
남은 한 입 거리 케이크를 누가 먹을지 생각하지 않아도 되는
혼커피.

외로울 때일수록 나만 봐.
외롭다고 주위를 둘러보지 마.
외로울 때 만난 누군가는 진짜 인연이 아니니까.

짱구와
검정 고무신

나는 성격이 급한 편이다. 그래서 친구와 다투더라도 사과는
빨리, 관계 회복도 빨리.
뭔가 하루 이상 나쁘고 찝찝한 감정을 연결하고 싶지 않았다.
그날 일어난 일은
그날 해결하고자 하는 욕구가 강했던 것 같다.
그래서 상대방의 "생각할 시간 좀 줄래?"라는 말은 나한테는
굉장한 스트레스다.

위의 글과 연관이 있을까 싶겠지만
궁금함 역시 오랜 시간 가져가는 게 싫다.
그러다 보니 1화, 2화, 3화 연결되는 만화책은 시작도,
안 한다.
1화 보고 다음 화차 책을 누가 빌려 갔으면…
반납 때까지 기다리는 게 싫었고

그냥 1권에서 모든 게 끝났으면 좋겠다 싶다.

그래서 너무 좋았다. '검정 고무신'과 '짱구'.

한 권에 많은 에피들이 포함되어 있고 어떤 에피도 깊게 연결이 되지 않는다.

다 본 1권 반납하러 갔다 2권이 없어도 남은 4권이든 5권이든 가져와도

이질감 없이 재밌게 읽을 수 있었다.

그래서 드라마도 남들보다 훨 늦게 시작한다.

기다리고 싶지 않아서 궁금해하고 싶지 않아서.

그래서 전편이 공개되는 ott 드라마를 좋아한다.

요즘 뭐 보냐고?

'옥씨부인전'?

아니 '도깨비'.(늦어도 너무 늦었지?)

아침에 일어나 각질 제거제를 얼굴에 양껏 바르고
묵은 각질을 밀어낸다.
행여나 피부결 상할까
아주 고운 거품을 만들어 주는 폼클렌징을 얼굴에 얹어
살살 문질러 준다.
향이 좋은 바이레도 바디워시를
타올에 조금 흘려 거품을 내고
온몸 구석구석
내가 걸어 다니는 바이레도다 할 정도로 씻어낸다.
아니 향을 입힌다고 하는 게 맞지.
그리고 콜라겐이 듬뿍 들어 있는 미스트를 뿌리고
건성이라 쉽게 당기는 피부니까
유분기 잔뜩 들어 있는 크림을 얼굴에 골고루 바른다.
그것도 살 늘어지지 않게 네 번째 손가락으로.

그리고 바이레도 바디로션을 듬뿍 바른다.

등과 배한테 미안하지만 목, 팔, 다리 중심으로 듬뿍.

그리고 최대한 피부톤과 비슷한

하지만 약간은 밝은 팩트를 퍼프에 적셔

왼쪽 오른쪽 스무 번 넘게 두드려 준다.

입술엔 생기가 돌게.

장미꽃 색 립을 중간만 톡톡 두드려 발라 주고

위아래 입술을 두세 번 정도 맞닿게 해준다.

그러곤 어제 미리 내놓은 옷을 입고

맘에 드는 가방을 메고 신발을 신고 외출을 한다.

잠깐?! 귀 뒷부분은? 씻었고? 뭘 좀 발라 줬고??

냄새 뿜어내기 전에 좀 챙겨 달래, 귀 뒷부분이…

쇼핑, 해도 해도 즐거운 쇼핑.

그런데 막상 갖고 나면 하루 이상 안 가는 쇼핑의 행복.

그게 말이야…

쇼핑은 뭔가 갖는 행복보다 사는 행위 자체가 행복한 거 같다.

고르는 과정에서도 도파민이 뿜어 나오지 않나.

택배도 마찬가지잖아. 오기 전과 언박싱할 때의 행복이 끝.

그 후 옷방이든 어디든 제 위치를 찾아 놓고 나면 끝 아닌가?

그래서인가 우리는 끊임없이 산다.

흰색 니트 있어도 짜임이 조금 다르다는 이유로 또 사고

핑크색 립이 있어도 이건 인디 핑크라,

심지어 매트한 질감이라 또 사고

마스크는 있어도 하필 오늘 세일이라

사가라고 매대에 수북이 쌓여 있길래 또 사고

사고 또 사는 것에 대해 쇼핑 중독이란 이름으로

사람 심리에 관해 여러 가지 해석들이 난무하다.

보통은 우울할 때 쇼핑을 많이 한다고 한다.

구매하면서 즉각적으로 행복해지니까.

그 우울한 게 없어지는 느낌이랄까.

심리는 무슨 심리야.

그냥 있는지 몰라서 사는 건망증이야!

43

해돋이보단
장례식장

새해가 되면 마음을 다잡기 위해 새로운 시작을 위해 정동진
을 비롯 해가 뜨는 어느 곳이든 인파가 몰린다.
정말 어릴 땐 해가 몇 개가 되는 줄.
대구에는 대구해 서울에는 서울해.
단 하나인 걸 알았던 때부터 나는 해돋이를 가지 않았다.
집이 북서방향이면 아주 일찍 일어나지 않는 한 못 보지만
어찌 되었든 해는 매일 뜨고 지고
굳이 정동진을 가지 않아도
내 집에서도 같은 해를 보는 격이니까.

보통은 해를 보고 새로운 마음을 다잡고
작년보다 올해가 낫기를
또 쭉 나았던 사람은 작년과 같기를 바란다.

해돈이가 아니라도 마음을 다잡는 한 곳이 더 있다.

바로 장례식장.

정말 옆 뒤 안 보고 미친 듯이 살다가

누군가를 하늘로 보내게 될 때면

조문객들과 두런두런 앉아

상주에게 어떻게 돌아가셨냐 여쭙고

이런저런 얘기들을 들으면서

모든 것이 덧없다 생각되고. 돈이 뭐가 중하나

하루하루 나 편한 쪽으로 즐기면서 살자~,

이런 생각이 들기 마련이다.

그리고 돌아와 잠을 자고 아침에 눈을 뜨면

그 생각은 온데간데없고,

바로 또 미친 듯이 악착같이 살게 된다.

그 후 또 누군가의 장례식을 가면

역시나 복사해 붙인 듯한 같은 생각을 하게 된다.

그게 사람인가 보다…

망각이란 것을 가지고 있는 망각의 동물.

그래서 눈앞에 보이지 않으면…

겪었던 경험이라도 잊어지는…

그래서 나는 어차피 지켜지지 않는 장례식장에서의 결심을 하지 않는다.

그래서 나는 나의 장례식은 화려한 장례식을 꿈꾼다.
누구도 사는 게 덧없다는 생각이 들지 않게
더 열심히 살고 더 최선을 다해서 살아야겠다는
생각이 들 정도로 마지막 인사를 진하게 즐겁게 하고 싶다는
생각이 든다.

일단 오래오래오래 살고 싶어.

종교 대신
나를 믿어

44

종교, 미신 다 떠나서 나를 믿어!

나는 사실 종교가 없다.

어릴 때 친구가 목사님 딸이기도 했고

달란트만 가지고 있으면

떡볶이를 바꿔 먹고 학용품 세트로 바꿔 올 수 있었던

그 달란트 시장에 빠져

교회를 다녔었고

미사포 너무 이뻐 보여 성당도 다녀 봤고

절밥이 맛있어서 또 나름의 고요함이 좋아 절에도 다녀 보고

일이 뜻대로 되지 않을 땐 용하다는 점집들을 찾아 양평, 이태

원, 대구, 부산, 보광동 등등.

여기저기 다니며 좋은 것만 귀에 담고 지냈던 것 같고

온갖 주변에서 접할 수 있는 명언책도 읽어 봤다.

조상님들도 믿었던, 나는 가끔 일이 안 풀리면
위에서 뭐 하시냐고, 나 안 보이냐고 투덜거리며 원망하기도
했다.
(외할아버지 죄송해요. 먼저 간 내 친구 미안해.)
그러다가 내린 결론은 무엇도 믿지 않게 되었다. 아니 순서가
틀렸다.
나 스스로를 믿지 못하는데 나 스스로 나한테 확신이 없는데,
어떤 신인들 믿을 수 있겠으며
어떤 명언인들 내 것으로 만들 수 있냐는 결론이 났다.
생각해 봐라. 어떤 명언도 모두에게 똑같이 적용될 수 없다.
내 상황에 맞는 거. 그래서 내가 헤쳐 나가고 있는 과정과 답.
이게 명언 아닐까?

사주도 마찬가지다.
방송촬영을 하면서 엄청 유명하신 무속인 선생님이 나오셨다.
날짜와 시간 받아서 제왕으로 낳은 아이의 사주는 가짜라고.
너무 충격석이었다.

미신도 마찬가지다.
모서리에 앉지 마라. 복 나간다. 원탁인 식탁에선 어디가 모서
리지?
다리 떨지 마라, 복나간다.

나이가 들어 가만 있어도 다리가 떨리는데, 나이 들면 다 복이 나가나?

나를 믿자, 뭐든. 어떤 상황이든 헤쳐 나갈 수 있다는 생각으로 나를 믿자.

그나저나 차 바꾸고 접촉사고가 세 번 정도 났는데…
막걸리 안 뿌려서 그런 거 아니겠지?

오늘 하루도 평범했니?

연예인이란 직업이 첨부터 꿈꿔 온 직업은 아니지만

나는 몸서리치게 평범한 걸 싫어했던 거 같다.

평범했던 교복도 평범치 않게 입었었고

내가 지나는 길이 내가 보내는 하루하루가 특별했으면 했고

입고 먹고 잠들려고 이불속을 파고드는 순간까지 특별하다 생각했다.

뭔가 나를 중심으로 돌아가는 거 같은 그런 느낌.

그때는 몰랐다.

정말 아무것도 일어나지 않은 평범하고 무탈한 하루가 얼마나 귀한 건지.

그게 얼마나 좋은 건지. 그리고 그게 얼마나 어려운 건지…

철없던 때 특별함을 갈망하던 나는

오늘도 무사히를 마음에 품으며 평범한 하루를 항상 꿈꾼다.

정말 작디작은 평범한 마늘일 뿐인데

누군가가 큰 도마에 올려 칼질한 후 크고 화려한 접시에 올린다.

여기저기 날아오는 포크를 피해,

제발 어느 곳도 찔리지 않고 평범하게 지나가길 꿈꾼다.

"나는 내가 빛나는 별인 줄 알았어요.

한 번도 의심한 적 없었죠.

몰랐어요. 난 내가 벌레라는 것을.

그래도 괜찮아. 난 눈부시니까."

- 황가람, '나는 반딧불'

오늘 하루도 평범했니?

그럼 됐어.

Ⅲ.

목소리
큰 사람이
져

"흔히 우리는 친구, 지인 등등
나의 연이 닿은 사람들을 인맥이라
부른다.
그걸 또 통틀어 내 사람이라는
더 가까운 느낌으로 부르기도 한다.
내 사람…
나이가 들수록 내 사람 안에서 지인과
친구가 구분이 된다.
그러면서 내 사람의 수가
점점 줄게 된다."

다
니 탓이다

내 탓이오. 아니 니 탓이오.

내 탓이오, 내 탓이오. 이것도 정도껏.

잘잘못 따지지 않고 엎어 놓고 내 탓만 하다 보면 나중에 정말
내가 싫어질지도 몰라.

나중엔 정말 내 탓인 줄 알 거야.

잘못한 사람조차 내 탓이오 하는 나한테 스윽 묻어갈 거야.

잘잘못 따질 여력까지 없다 치자. 그냥 니 탓이다, 니 탓이오
하자.

내가 너무 작아지고 비참해지거들랑 그전에 남 탓을 하자.

내 마음이 편하다면 남 탓을 하자.

물론 내 탓이 더 많다는 것만 알아두길~

MZ와
ZM

X세대, Y세대, Z세대를 거쳐 MZ까지 우리는 많은 세대를 지
나오고 있다.

요즘 대부분 직장에서든 사회에서든

MZ가 이렇다 저렇다 얘기들이 많다.

MZ 용어들도 쉽게 볼 수는 있지만

알아들을 수는 없다고들 한다.

그런데 이게 과연 MZ들만의 일일까?

이렇다 저렇다 얘기들은 기본.

이게 문제다, 저게 문제다, 이건 좋다 등등

현시대 인생 선배들과의 부딪침은 어느 세대 때나 있었다.

간혹 내가 많이 받는 고민 중에

1. 직장에 MZ 사원이 맘에 안든다.

2. 말이 안 통하는데 어떻게 하면 사원들과 잘 지낼 수 있을까
요?

답은

1번 답.

MZ 사원이 아니더라도 직장 선배나 상사가 맘에 쏙 드는 사람이 있을까?

MZ를 떠나서 각자 품고 있는 불만들은 당연히 있지 않을까??

그러니 MZ가 아니더라도 사람과 사람이 만나는 직장 혹은 사회생활에 있어 누구나 썩 맘에 드는 사람은 잘 없을 것이다.

맘에 들려고 애쓰지도 마라.

2번 답.

말이 안 통하면 하지 않는 것도 소통이다. 잘 지내는 것도 마찬가지.

잘 지내려 하기보다 그냥 지내라.

그리고 말은 MZ들도 안 통할 것이다. 살아온 과거가 다르다.

그러니 나 때는, 이라는 과거 얘기 말고 MZ들과 같이 사는 현재와 같이 살아갈 미래에 대한 얘기들을 한다면 조금은 말이 통하지 않을까?

마지막으로 영원한 MZ는 없다.

영어를 뒤집어 봐라. ZM, 결국 그들도 줌마가 된다.

우리가 그 길을 먼저 밟고 있을 뿐이다.

힘내자! 지금을 살고 있는 MZ와 ZM.

사과는
빨리

48

사과는 최대한 빨리, 그것도 얼굴 보고 하자고요.

나는 나름 인정이 빠른 편이다. 상대방이 말 같지 않은 이유로
얘기하는 게 아니라면
나름 인정하고 사과도 빠른 편이다.
사과야말로 빠를수록 좋다는 생각을 가지고 있거든.
근데 보통은 상대방에게 상처를 준 본인이 한 말들과 행동들
을 잊고 상대방에게 이상하다, 예민하다, 해버린다.
정말 잊은 건지 알고도 덮어씌우는지는 모르겠지만 난 그런
사람들과는 대화를 더 이어 나가지 않는다.
대화를 이어 나갈수록 나만 이상한 사람이 되어 버리는
그리고 시간이 지나면 나도 모르게 내가 이상한 건가? 하는
스스로에게 의심이 생겨 버리는
그런 상황까지 오게 되니까.

요즘 내가 사과를 가장 많이 하는 상대는 우리 아이인 거 같다.

되묻고 싶다. 정말 소리 한 번 지르지 않고 하는 육아가 가능은 한 것이가에 대해.

정말 대화로 하면 되는가?

사람의 감정은 수학이 아니다.

공식에 맞춰 딱 떨어지는 답이 없지 않나?

그러므로 소리의 데시벨 빈도수가 다를 뿐 엄마도 사람이라 화 참기가 쉽지 않다.

생각해 보라. 선물 받은 5만 원 돈 아기 바디로션을

아이가 푹푹 짜고 있는데,

"아이고, 우리 딸 촉감놀이 하고 있어요? 더 짜봐, 더 해봐, 한 번 더 옳지 잘한다."

말이 되는가?

한 번이라도 더 짜기 전에 "야! 하지 마. 그만!"

이땐 이름 부를 여유도 없지 않나.

다만 화를 낼 순 있으나 사과도 해야 한다.

그것도 눈을 보고.

대부분은 낮에 "야, 하지 마. 왜 그래."

그러곤 밤에 끼익 방문 열고 들어가,

자고 있는 아이 발 잡고

"엄마가 미안해. 엄마가 내일부터 소리 안 지를게. 미안해."

담날 아침 또 "야, 그만하라 그랬지." 밤에 또 끼익 방문 열고
"미안해. 엄마도 엄마가 첨이라 그래. 꺽꺽."
진짜 애들 가위 눌리지 않을까?
어디 성장센터 가서 우리 애 키는 왜 안 크냐고~
다 우리 땜에 숙면이 힘들어서 아닐까?

농담이고.
여튼 화를 낼 수 있지만 밤에 발 잡고 사과하지 말고 아이 깨
어 있을 때 눈을 보고 사과하는 게 어떨까 한다.

오늘 잠시 생각해 보자. 내가 사과해야 할 누군가를.
사과 후 기대를 내려놓자. 사과를 받는 건 상대방 자유니 했으
면 그걸로 된 거라고.

가스
라이팅

49

사실 가스라이팅이란 단어는 예전엔 몰랐던 생소한 단어이다.

상황조작 혹은 감정을 조작해 상대방에게 현실감과 판단력을 잃게 만드는 거.

사실 거슬러 올라가 보면 가스라이팅이라 표현하지 않아서 그렇지, 우리 모두가 피해자.

어릴 때 생각해 봐라.

발밑이 간질간질 기어다닐 때 생각 못 하고 그저 앞만 보고 질주하기 바빴던 유아기 때.

와다다다, 뛰다가 넘어져 봤던 기억 다들 있을 것이다.

너무 아프다. 진짜 아프다.

그때 엄마가 뛰어와서 곧 울음을 터뜨리려고 준비하는 나한테 뭐라고 하나.

"울지 않아. 씩씩하게 일어나야지. 옳지 괜찮아. 울지 마요. 옳지 일어나야지. 일어나.

우리 딸 착하다. 씩씩하다. 안 우네!"

아파 죽겠는데 울고 싶은데, 울지 마. 울지 않아. 옳지 착하지.

이게 가스라이팅 아닌가?

반대로 우리가 가해자이기도 하다.

모유 먹는 시기 지나 이유식 단계가 시작될 때

사실 어떤 유기농 재료를 쓰든, 흑백요리사 쉐프들이 만들든

이유식은 맛이 없다.

차라리 신발을 튀기는 게 더 맛있을 정도로 무염, 무맛!

그런 이유식을 떠먹이면서

"아이고 맛있다, 맛있지? 맛있어요~??"

아이가 입술 사이로 밀어내고 있는데 "아이고 잘 먹네~."

이게 가스라이팅이 아니고 뭔가.

어릴 때의 소소한 가스라이팅이 아닌

다 크고 나서

웬만한 건 지지 않는 내가 가스라이팅을 당할 거라 생각을 못

하고 살 때쯤

당했던 기억이 있다.

그 사람은 일단 주변에 친구라 부를 만한 사람이 없었고

오히려 내 주변 친구들은 제대로 된 사람이

하나도 없다며 부정했었다.

내 가족도 부정했었던 것 같다.

그러면서 본인이 가장 제대로 된 친구라 했었다.

결과적으론 끊어 냈다.

나르시스트인 그 사람은 본인이 끊어 낸 줄 알겠지만

아니다. 내가 끊어 냈다. 웬만하면 추억이 가득 담긴 사진은

함부로 지우는 법이 없는 내가

손가락 하나 어깨 조금 나온 사진마저

싹 지워 버릴 정도로 끊어 냈다.

나중에 나의 지인들에게 듣기에

너무 막 대하는 느낌을 받았다고 속상했는데 내가 너무 좋아

하는 거 같아, 잘 지내는거 같아,

굳이 말하지 않았다 한다.

막 대하다는 느낌을 일도 받지 못했던 나는 막 대함을 특별함

이나 친함으로 받아들였던 것 같다.

혹시라도 지금 누군가가 친함을 가장해서 무례하게 막 대한다

면, 주변 사람을 부정하고 정리하라 한다면

끊어 내라. 그게 누구든.

꺼진 불도 다시 보자.
꺼진 사람은 다시 보지 말자.

내 사람이다 해서 평생 가는 것도 아니고
영원한 친구, 영원한 적은 없다는 말은
내가 확실히 믿는 말이다.
어릴 땐 유치원, 학교, 학원이란 울타리 안에서
싸우든 좋든 매일 봐야 했고
사소한 걸로 싸워 또 사소한 걸로 언제 싸웠냐는 듯
잘만 붙어 다니던 친구들.
사회생활이 시작되면서 환경이 바뀌면 주변 친구도 바뀌기 마
련이다.
사람이 뭉텅뭉텅 정리가 되는 때가 언제인지 아는가?
장례식? 아니 오히려 다들 착한 병에 걸려

몇 번 본 게 다인 관계도 장례식은

참석할 수 있다 본다. 슬픈 일 위로도 할 수 있다고 본다.

결혼식 등등 내가 축하받거나 나한테 기쁘고 좋은 날 정리가

많이 된다.

물론 각자의 사정이 있어 불참한 이유가 있겠지만…

우리 솔직해지자고.

다 온몸으로 감이 오잖아! 정말 사정인가, 불참인가.

인간관계는 정말 일방적인 게 아니라 본다.

서로 마음 써주는 노력으로 유지된다고 본다.

근데 그 노력이 보이지 않는다면 정리가 되는 거지.

나이 들어 정리되는 관계는 예전 철없던 시절처럼

"어! 너 젝키 콘서트 갔다 왔어, 어땠어?"

이렇게 아무 일도 없었다는 듯 말 걸며 다시 붙는 관계는 아닌

것이다.

확실히 다시 붙기 힘들고 붙일 여력도 없고 의지도 없어진다.

반대로 내가 정리되기도 한다.

힘든 시기를 보내던 나도

내가 정리한 사람도 있지만 나를 정리한 사람들도 있단 걸 알

게 되었다.

정말 헛웃음이 나더라고.

내가 도움도 많이 줬고 마음도 많이 썼던 사람들이

당연히 옆에 있을 거라 생각했던 사람들이

손 닿을 곳에 없더라. 속된 말로 손절당한 거지.

근데 봐봐.

폭행을 당하다, 사기를 당하다, 당한 쪽이 피해자잖아.

왜 손절을 당하다는 당한 사람이 가해자가 되는 문화인 거야?

친구의 상황이 변했다고 손절한 사람들이 가해자가 아니고?

그리고 서로 안 맞아서 서로 편하게 살자고 하는 게 손절인데,

그게 한 사람의 문제로만 얘기가 되는 것도 참 아이러니한 거 같아.

그래도 그 빈자리가 또 사람으로 채워지더라.

이 사람이 나한테? 이분이 나를??

전혀 새로운 사람들이 빈자리로 스윽 다가와

묵묵히 내 손가락 끝을 잡아 주었던것 같아.

시간과 마음은 비례하는 게 아니구나 느꼈었지.

신이 망각이라는 축복을 나한테는 안 주셔서

뭐든 잘 잊지 못하는 성격이거든.

그래서 여유가 조금 생긴 요즘 고마웠던 분들께 맛있는 밥도 대접하고 감사함도 전하고 있어.

나만큼 울어 줬던 친구들과 내가 잘되면 나보다 더 기뻐하던 언니, 동생, 오빠들께 감사하며…

그래서 우리 또 언제 봐?

노는 물
바꿔라

내가 잘되려면 노는 물을 바꿔라.

아니 내가 지금 몸 담고 있는 물에서 내가 잘되면 되는 거 아

닌가?

나는 알려진 것과 달리 주변에 사람이 많은 편이다.

사람을 대할 때 상대에 대해 재거나 따지거나가 없다.

마음이 동하면 만나게 된다.

사람을 만남에 있어 목적을 가지고 만나는 걸 제일 힘들어하

고 원치 않는다.

그러다 보면 나중에 내가 알던 사람이 맞나 할 때가 있고

또 생각 외로 깊어지는 사람도 있고 마음 다칠 일도 있고

이상한 일도 좋은 일도 많이 일어난다.

예전에 어떤 지인이 하는 말이

네 주변엔 이상한 사람이 왜 이렇게 많아 하더라.

그 말을 하는 본인이 이상한 사람인지 모르고~

당연히 사람을 재거나 가리거나 하지 않으니

이상한 사람 있을 확률도 좋은 사람 있을 확률도

많은 거 아니겠는가.

모임도 좋아하고 사람 만나는 거도 좋아하는 거치고는 사회성
은 그렇게 뛰어나지 않은 거 같다.

회식 자리에서도 항상 높은 분들 옆에 앉은 적이 없고

가장 끝에 앉아 자리 이동 하나 없이 회식 자리를 마무리하기
일쑤.

가끔은 높은 분들 옆자리에 앉은들 내 삶이 많이 나아졌을까?

하는 생각을 해볼 때도 있다.

누군가는 나에게 골프를 권하기도 했다.

만나는 사람이 달라진다는 이유에서~

시간이 없기도 하고 돈도 은근 드는 고급 취미기도 하고

무엇보다 권한 이유가 재미가 아닌

만나는 사람이 다양해진다는… 그래서 골프를 더 더 안 하기
도 했다.

또 누군가는 이제 딸이 크면 이사 나와야 되는 거 아니야?

학교도 좀 좋은데 보내면 노는 친구들이 다 달라지잖아. 우리
애 반에는 거의 변호사 아들, 의사 딸이야!

라고 가정주부인 내 친구가 말했다.

그래. 학교 좋지…

우리 딸이 공부에 특출 나다면 생각해 보겠지만

내 아이의 친구들 부모님 직업이 나한테 무슨 큰 도움이 될까?

연예인의 딸이 아닌 그냥 내 딸은 본인 이름으로 사는 건데.

그리고 나중에 원하면 부모가 변호사가 아닌 본인이 변호사가 되면 되지, 의사가 되면 되고.

그래서 나는 지금 내가 헤엄치고 있는 물에 만족한다.

내가 노는 물이 어때서 그 물이 아리수든 에비앙이든 삼다수든 어차피 마시면 몸 밖으로 빠져나가는 건 마찬가지 아닌가?

어떤 물이 내 뼛속까지 침투해 엄청난 에너지를 주는 게 아니라면 말이다.

나는 그냥 내가 바뀔래.

내가 잘될래. 그럼 되는 거 아닌가?

있잖아. 내가 잘될 때 혹은 안 될때. 내 의지와 상관없이
노는 물이 바뀌어 있긴 하더라.

맑은 물.

지랄도
해야 는다

공부도 해야 늘고 뭐든 한 만큼 는다는 건

우리가 잘 알지 않나?

누군가는 똑같이 하는데 결과가 좋지 않을 때도 있지만

대부분은 그 자리에서 한 만큼 느는 것 같다. 인정도 받고.

그래서 명인이라는 말도 나오는 게 아닌가.

물론 타고나서 투자한 시간보다 월등한 실력을 보여 주는 사

람이 나타나기도 한다.

타고났다고 해서 갑자기 하면 안 되는 게 지랄인 거 같다.

돌아이 소리 듣기 십상이거든.

만만해 보이거나 호구 같아 보인다, 부탁할 때만 연락 온다,

필요할 때만 찾는다,

하면서 투덜투덜해도 정말 수개월을 수년을 옆에서

상대방 원하는 거 맞춰 주고 해주는 사람들이 있다.

안 하면 안 될 거 같아서 거절하면

상대방이 서운해할 거 같아서.

그렇게 쌓이고 쌓이다 어느 순간 돌이킬 수 없을 때 뭔가 잘못된 관계구나 생각해.

첨으로 해본 거절 혹은 첨으로 '뭐가 이렇게 당연해?'라며 한마디해 보자 상대방 답은

"미안, 당연한 적 없었는데. 진짜 미안"일까?

"여태 아무 말 없다가 갑자기 왜 난리야."

"싫었으면 진작 말하지. 나쁜 사람 만드냐."

본인이 더 상처받아서 되려

100번 잘했던 나를 탓하게 된다.

그래서 내린 결론은 뭐다?

갑자기가 그렇게 놀랄 일이라면 늘 하면 된다.

지랄도 해야 는다. 이건 정확하다. 이건 하면 는다.

물론 주변은 줄겠지. 근데 스트레스 받아서

내 명이 주는 것보다 낫지 않나?

명분 없는 지랄은 아닐 테고

지랄 유발자들이 주는 거라면 다행 아닌가?

되려 내가 상처 준 가해자가 되고 싶지 않다면

누군가에게 더 이상 호구 잡히거나 부탁하면 당연히 들어주는 애, 부르면 언제든 나오는 애, 심심할 때 시간 때울 수 있는 애로 살고 싶지 않다면.

약간의 지랄을 하면서 살자.

지랄도 하면 는다.

역지사지.

역으로 지랄해 줘야 사과도 받고 지가 잘못한 줄 안다.

아닌 걸
아니라고

아닌 걸 아니라고 말하지 말기로 해요, 우리.

나는 그 광고를 잊지 못한다.

유오성 씨가 나왔던 것 같은데 확실치는 않아…

광고 문구가

모두가 NO라고 할때 YES,

모두가 YES라고 할때 NO.

다수결의 법칙을 저학년 때부터 배워 왔고

다수의 의견으로 따라가야 한다는 틀에

스스로를 가뒀던 우리가 아니 내가.

이 광고는 충격이었다.

진짜 어마어마한 용기가 아닐 수 없다.

그게 용기가 아니라 객기로 보여질 수도 있다는 걸,

한 살 한 살 먹으면서 알게 된 거 같다.

외유내강과 거리가 먼 외강내유인 나는
구부러짐보다는 부러짐을 택하며 살았던 것 같다.
진짜 죽어도 아닌 건 따르지 않았고
만인이 칭찬을 하는 사람도 내가 겪어 보고 아니다 싶으면 그
냥 안 좋은 사람이었다.
이런 나를 누군가는 사회성이 없다고 하기도 했다.

그래서 나는 아닌 걸 아니라고 말하지 않으려 노력한다.
근데 오늘 또 말 앞에
그게 아니라…라고 시작했네.
그게 아니라!

T가 힘든 F들에게
T도 F가 힘들대!

나 어릴 때 (언제인지 기억도 안 나는) 혈액형으로 사람 전체를
판단했던 때가 있었다.

그땐 아마 O형은 뭐든 좋았던 거 같던데. 아이스크림 한 입만
먹는 것도 다 허용될 정도로 뭐든 오케이. O형이면 그저 다 호
방해 보이고 성격도 좋아 보였던 것 같다.

아니 그래 보여야 했던 것 같다.

A형은 왠지 모르게 더 더 소심하게 느껴졌고

혹 그게 아니더라도 소심해야만 했던 것 같다.

그렇게 혈액형에 성격을 끼워 맞췄을지도.

요즘은 MBTI. 혈액형과 달리 자주 바뀌기도 하고

나름 더 많아진 알파벳 수답게 더 세분화되었다고나 할까?

가장 많이 비교되는 것이 F와 T다.

너 T발씨야, 라는 말이 나올 정도로

대부분 F들이 T에 불만이 많다.

공감능력 떨어지고 넘 이성적이고 현실적이고 가끔은 차갑게 느껴지는~

그런데 잘 생각해 보자.

대문자 F는 어떻게 생겼나. 한쪽으로 쏠리지 않았나.

완전 행복하고 완전 즐겁고 완전 우울하고 완전 슬픈.

대문자 T는 어떻게 생겼나. 양쪽 다 똑같다.

그저 감정이 평온하고 소금간 안 한 곰국처럼 섬섬하다.

첨엔 공감 못 하는 것 같아 서운하기도 한데.

F가 생각하는 큰일, 큰 사건들을 T에게 털어놓음으로

그저 아무것도 아닌 일이 될 때가 있다.

T라는 그늘 안에서 어느덧 F들의 뜨거웠던

어떤 감정이 식는다는 거.

F끼리 만나면 사실 작은 일일 수도 있는데 공감에 공감을 더하고 감정에 감정이 더해지니 분명 속 시원하게 털어놓고 얘기했는데, 결국 해결보다 시원함보다 화남이나 열받음이 더 커지기도 한다는 거.

그래서 T랑 F는 너무 잘 맞는다 생각한다.

글을 쓰고 있는 나는 F라는….

위에 글 공감 못 하겠니?

T야?!

웃는 얼굴에
침 뱉을 수 있지

웃는 얼굴에 침 못 뱉는다!

그러니까… 밝은 얼굴에 침 못 뱉는다, 이 말 아닌가.

밝다고 웃고 있다고 이거야말로 겉만 보고 판단이 되나?

뭐 때문에 웃는지 어떻게 웃는지

뭐 때문에 기분이 좋고 밝은지에 따라

침을 뱉을 수도 있을 거 같은데.

예전엔 뭐라 불렀는지 모르겠으나

요즘은 빙그레 쌍X이라 하지 않나.

웃고 있지만, 밝지만 쌍X임에 분명한.

또 그 사람들의 특징은 대외적으로 너무 좋은 듯한…

마치 많은 사람들과 있는데 귀신이 내 눈에만 보이는 느낌.

그런데…

반대로 나도 누군가에게 의도치 않은 쌍X일 수 있다.

용서가 계속되면
호구

용서만큼 완벽한 복수는 없다.

말도 안 되는 소리. 용서만큼 완벽한 호구는 없다.

자나 깨나 열받고 소식 들어도 열받고 보면 더 열받고 안 봐도

열받는 누군가가 있지 않나?

난 너무 많아서, 하하하하하!

그럴 때마다 알고리즘이 내 감정도 읽는지

복수에 대한 명언들이 엄청 눈에 들어온다. 아니 쏟아지더라.

내가 잘 사는 게 가장 큰 복수라는데

상대방이 더 잘 살고 있다면? 뭔가 이긴 거 같지 않은 복순데.

최고의 복수는 무관심이라는데…

상대방도 나한테 관심이 없다면? 뭔가 시원하지 않은 복순데.

참는 게 이기는 거다? 아니 이겨야 이긴 거지. 참으면 호구지.

다 떠나서 복수심이란 감정을 나의 소중한 마음 한 켠에 자리

잡게 하는 것도 생각해 보면 상대방한테 미련이 남아서인 것 같다.

미련조차 없고 내 안중에도 없다면 굳이 복수를 꿈꾸면서 그 사람을 계속 생각하겠는가?

복수가 영화 같으면 얼마나 좋을까?

짧으면 2시간, 길면 3시간에 복수를 하게 되잖아.

그런데 복수는 드라마 같다.

길게는 12부작 안에 복수를 하기 위한 길고 긴 여정과 과정이.

결국 마지막에 시원한 복수를 하면 다행이지만,

그렇지 않고 끝난다면 시청자 게시판에 불날 정도로 답답한 고구마 우겨 넣은 결말이지.

맞다! 복수는 생각보다 오래 걸린다.

복수는 상대방이 얼마나 고통받을 수 있을까, 상대방이 얼마나 상처받을 수 있을까,

그 사람을 너무너무 오랫동안 내 머릿속에 내 마음속에 담아야 하는 끔찍함을 동반한다는 거다.

그러니 복수가 닿기도 전에 내가 더 힘들어지는 거지.

그런 사람을 생각할 시간에

내가 고마운 사람들, 내가 아끼는 사람들,

나를 좋아해 주는 사람들 생각하는 게

내 정신건강에 좋지 않을까?

그래야 내가 복수하려 했던 상대보다 하루라도 더 살지.
걔보다 오래 사는 게 최고의 복수네.
얼른 책을 잠시 접고 오메가3, 종합비타민을 다 털어 보자.

에이씨! 글 쓰면서 생각해 버렸네.
됐고, 내가 너보다 조금 더 살게.

가끔은 조언보다
허언

가끔은 조언보다
허언

가끔은 조언보다
허언

57

가끔은 조언보다
허언

마음 담은 조언보다 가끔은 영혼 없는 허언이 필요하다.
종종 지인들이 고민을 털어놓을 때가 있다.
고민을 들어주는 입장에서 여러 가지 성향들이 있다.

고개를 끄덕이면서 들어주기만 하는 태양열 인형 같은 사람
사범대 출신이 아님에도 불구하고 가르치고 싶어 하는 사람
스펀지처럼 상대방 감정 쫙 빨아들여
본인이 더 흥분하는 사람
차갑지만 그래서 결말이 뭔데… 뭘 어떻게 해야 되는데,
해결책을 찾는 사람.

고민을 털어놓는 입장에서도 여러 가지 성향들이 있다.
감정적으로 공감해 주길 바라는 사람
이성적으로 해결책을 내주길 바라는 사람

그냥 답 정해 놓고 듣고 싶은 말 들어야 되는 사람.

나는 주로 들어주는 입장에서 2, 3, 4에 속하는 거 같다.
글자로 보니 진짜 별로인 거 같은데
사실 누구보다고 고민을 털어놨을 때 진심을 가지고 내 일이
다 생각하고 들어주고 말해 주는것 같다.
말한 당사자는 말하고 잊었을지언정 나는 몇 날 며칠을 어떻
게 되었을까 걱정하고
후기 듣고 상담 AS까지 가능한 세상 오지라퍼다.
오지라퍼 활동 42년 차 최근 제대로 느낀 게 하나 있다.
그 어떤 유형보다 답을 정해 놓고 시작되는 고민털이범에겐
나의 진심과 진정성을 넣은 조언은
생각지도 못한 말로 돌아온다는 것을.
그리고 현실적인 조언보다 영혼 없는 허언.

예를 들어 다이어트 고민하는 친구에게 진심을 담아
먹는 거 못 줄이면 더 많이 움직이면 된대.
김혜선 점핑머신 짧고 굵게 뛰고 땀 엄청 많이 난다는데 그거
등록해 봐.
이것이야말로 정말 찐친 바이브 같은데…
상대방 바이오리듬에 따라
말인가 싶은 말들이 날아온다.

알아들었으니 적당히 말해라. 안 해봤겠냐!

니가 어떻게 나한테 그러냐.

내가 요즘 어떤 기분인 줄 알고 그러냐.

미안한데. 바이오리듬 따지면서 징징거릴 거면 사람이 아닌

대나무 숲 가서 소리를 지르는 게 맞다.

반대로

허언을 담아

야! 무슨 다이어트야. 지금 딱 적당해. 더 뺄 곳이 어디 있다고

그러냐.

살은 내가 빼야지.(나를 낮추기까지 더해 주면…)

이 관계는 평생 갈까?

안타깝게도 응!

평생 우쭈쭈 가능하고 흰색을 핑크색이라 하고

밤을 낮이라 해준다면 정말 얇고 길게 가는 게 가능하더라고.

나는 안 될 거 같아. 그러니…

달콤한 허언을 바란다면 날 찾지 말아 주길.

그나저나 말자할매로 수천 명이 뭐야,

매주 2천 분가량 만나면서 들어주는 고민들이 많은데

내 고민은 누구한테 말해야 되나?

들어줄 사람? 손!?

좋은 게
좋은 거다

끝없이 살 거 아니니까, 인생 한 번 사는 거니까
좋은 게 좋은 거다. 뭐든 좋게 좋게?!
누구한테 좋은 건데?!
끝없이 살 거 아니기 때문에 안 좋은 건 안 좋다 해야 되는 거
아닌가?
오히려 끝없이 살게 된다면
그 끝이 없을 인생에서 굳이 원수를 만들어
볼 때마다 이글이글 열받으면서 살고 싶지 않을 거 같다.
정말 말 그대로 인생 한 번 사는 거니까,
결이 맞지 않는 사람은 가까이하고 싶지 않고
이유 모를 상처받고 싶지 않고
성인군자 아닌 이상 싫은 사람 욕도 하며 스트레스도 풀고
빛나지 않는 자리에서 돈 쓰고 싶지 않고
뭐라도 해주면 고맙다는 소리도 듣고 싶고

일방적인 희생도 하고 싶지 않다.

100세 시대는 이미 넘었다지만 그저 나 살아갈 날까지 나 좋은 쪽으로 살고 싶다.

이미 좋은 게 좋은 거다, 하며 지낸 지 오래되신 분들 기억을 더듬어 생각해 보자.

정말 안 좋았던 적이 없었는지?

꼭 사람들 많은 데서 무안 주던 친구.

다수가 웃는다고

불쾌한 내 감정을 쓴웃음으로 속인 적 없는지?

내 자아 따윈 내 색깔 따윈 무시한 채 본인 색깔만 내는 친구는 없는지?

다른 사람한테 좋은 사람이고 싶나요?

정작 나한테 내가 가장 나쁜 사람이 된다고 해도?

좋은 게 좋은 게 아닌데, 라고 해서 무례한 건 아니에요.

좋은 게 좋은 거야를 포장으로

무례하게 하는 사람들이 있으니~

우리 이제부터는 내 마음 다치지 않는 쪽으로

내 마음 편한 쪽으로

내가 좋은 게 좋은 거야로

앞에 나라는 주어를 붙여 주자고요!

인간관계는 시간과 비례하지 않는다는 말을 맹신한다.
조만간 맛있는 거 먹자.
언제 며칠 몇 시 어디에서 뭐?!

흔히 우리는 친구, 지인 등등 나의 연이 닿은 사람들을 인맥이
라 부른다. 그걸 또 통틀어 내 사람이라는 더 가까운 느낌으로
부르기도 한다.
내 사람…

나이가 들수록 내 사람 안에서 지인과 친구가 구분이 된다.
그러면서 내 사람의 수가 점점 줄게 된다.

그럼 본격적으로 지인과 친구를 구분해 보자.

지인이란

일단 조만간 밥 먹자라는 말을 지 말대로 밥 먹듯이 하는 사람.

그 조만간이 수개월 수년 걸리는 사람 아니 아예 살아생전 없는 조만간일 수도…

저승 가서 겸상하면 그나마 약속 지킨 거지.

같이 있는 자리에서 정적이 흐르면

내가 정적 브레이커가 돼서, 없는 말이라도 지어내 이 정적을 깨야만 하는 관계.

나의 경조사 특히 축하받아야 할 좋은 일에 옆에 없는 사람.

일절 연락 없다가 부탁할 거 있을 때, 아쉬운 소리 할 때 연락 오는 사람.

지 얘기는 하는데 내 안위는 궁금해하지 않는 사람.

어? 나 이런 친구 있는데?

하면서 누군가가 생각났다면 친구 아니에요. 오늘부터 지인이에요.

혹 이런 유형을 친구라 생각하는 당신은 그 사람에겐 친구 아닌 호구가 될 가능성이 있어요.

자발적 호구가 되지 맙시다, 우리!

친구란

....

그 어떤 기준도 말도 필요 없다. 내 마음이 동하는
지금 이 글을 읽으면서 생각나는 그 사람.

자나 깨나 불조심. 꺼진 불도 다시 보자라고 하지.
자나 깨나 사람 조심. 꺼진 친구는 다시 보지 말자.

SNS는
인생의 낭비

인스타그램.

나는 관종이다. 직업이 관심을 먹고사는 직업이다 보니 관종이 맞다.

관심이 식으면 내 존재도 식는다.

관심이 싫다면 이 직업이 맞지 않는 것.

티비를 틀면 매일 내가 나오는 게 아니기에 나의 그림일기 같은? 사진일기 같은??

인스타그램 등등 SNS로 많은 것을 보여 준다.

스케줄 사진, 아이 사진, 남편과 내 사진 등등.

그것도 그날의 최고의 순간을 피드로 남긴다.

그 사진 하나가 기사가 되기도 하고 가끔은 글을 읽지 않고 사진만 보다 오해를 하기도 한다.

그런 몇몇 사례들을 겪고 또 다른 사람이 겪는 것들을 보면서 알렉스 퍼거슨의 말이 떠오른다. "SNS는 인생의 낭비다."

근데… 이 말도 SNS를 통해 퍼졌는데? SNS가 없었다면 퍼거슨 씨 혼잣말이 되어 버렸을텐데…
이렇듯 SNS는
좋은 거든 나쁜 거든 빠른 시간에 공유를 가능하게 하고
또 어떤 이들에겐 돈을 버는 수단이 되며
어떤 이들에겐 본인을 알리고 홍보하는 데도 쓰인다.
또 어떤 사람들은 SNS로 브라운관으로 보여지지 않아도 연예인보다 엄청 유명인사가 되기도 한다.

보통 알고리즘으로 원치 않게 뜨는 피드들을 가끔 보노라면
피드 느낌으로 그 사람의 성향도 파악이 될 정도다.
그래서 나는 SNS는 누군가에겐 인생의 낭비라 생각되겠지만
누군가에게는 아이엠 그라운드 자기소개 하기~

내 소개를 할게.
@kim_younghee

둘 중 하나를 고른다면?

내가 하고 싶은 일을 해야 할까요?
내가 잘하는 일을 해야 할까요?

자존감이 높은 사람은
내가 하고 싶은 일을 하는 게 맞는 것 같다.
하고 싶은 일을 하면서 실패하거나 무너지더라도 쉽게 자존감
이 떨어지지 않을 테니 말이다.
혹 떨어진들
바로 다시 높일 수 있는 유연함이 있을 테니 말이다.
반대로
자존감이 낮은 사람은 내가 잘하는 일을 하는 게 맞는 거 같다.
잘하는 일을 하면서 칭찬도 받고 인정을 받다 보면 자존감이

높아지지 않을까?

내가 좋아하는 사람을 만나야 할까요?
나를 좋아하는 사람을 만나야 할까요?

음… 이건 내 얘긴데… 내가 좋아하는 사람은 나를 좋아하지
않더라.
그러니 보통은 마음 아픈 짝사랑을 많이 했던 것 같다.
내가 좋아하는 사람만 생각하다가 나를 좋아하는 사람을 놓치
게 될 것 같다.
그러니 나를 좋아하는 사람을 만나는 게 마음이 덜 다치지 않
을까?

나를 찾는 사람이 많은 게 잘 살아온 삶일까?
내가 찾을 사람이 많은 게 잘 살아온 삶일까?

둘 다 주변에 사람이 많은 건 같은데…
예전엔 전자인 나를 찾아 주는 사람이 많은 게 좋은 거 같았다.
이 자리 저 자리 불려 다니고…
그런데 결국 나이가 한 살 한 살 먹고 힘든 일 겪어 보며 느낀 게
나를 찾던 사람들이 영원하지 않더라. 손 뻗으면 있었던 자리
에 없더라.

결론은 내가 주체가 돼서 내가 찾는 사람이 많은 게 더 잘 사
는 삶 아닐까?
적어도 아무나 찾진 않을 테니…

마지막으로
엄마가 좋아?
아빠가 좋아??

목소리
큰 사람이 져

아주 아주 어릴 때부터 웅변을 해서 그런가…

고운 목소리는 아니지만 유독 목소리가 큰 편이다.

목소리가 워낙 크다 보니

귓속말로 수업시간에 같이 속닥거려도

나만 뒤에 가서 서 있는 게 대부분.

지금 생각해 보면 책상, 걸상 의미가 없었지.

난 거의 서서 들었으니까 말이다.

웬만한 말싸움에서 지는 법도 없었던 것 같다.

그때 그 친구를 만나기 전까지는.

유난히도 한일자 눈썹에 얼굴에 감정이 거의 드러나지 않는.

노여움, 분노, 화가 느껴지지 않는 목소리로

실컷 소리 지르고 화내고 울부짖던 나에게.

"잘 들었어. 무슨 말인지 알겠어" 하고 돌아서던…

그때 알았다. 목소리 크다고 이기는 게 아닌 것을.

오히려 나의 그 큰 목소리가 상대방이 아닌 나를 건드려 더 불
붙이고 있었다는 것을.

아직도 데시벨을 줄이는 건 잘 안 되지만
최대한 감정을 빼는 연습을 하는 중이다.

양보다 질

양보다 질보다 양…

확실하게 뭐가 낫다고 판단하기 쉽지 않다.

다만 인간관계에 있어선 확실하게 양보다 질이다.

어릴 땐 생일파티 한다고

롯데리아로 반친구들 40여 명 불러서 놀면

우리 엄마 돈 나가는 건 생각도 못 하고 마냥 행복했다.

정작 내가 햄버거 안 먹어도 친구들이 먹는 것만 봐도

배부르던 시기.

그땐 그 많은 친구들이 내 든든한 힘이었다. 그만큼 나는 약한
존재였다.

친구 없이 아무것도 할 수 없을 것만 같던 시기.

그래서 결국 그때의 40여 명과 지금 또 인연이 이어 오고 있
나?

중학교, 고등학교 가서는 그 수가 확 줄어

삼삼오오 결 맞는 친구들끼리 놀다가
대학교에선 남녀 섞여 친구란 것이 되었다.
그사이 연인이란 것이 되며
헤어진 후 친구도 아닌 것이 되어 봤다가
그렇게 완벽한 사회인이 되어 사회 친구란 것도 생겨 본다.

이런 많은 과정 속에서 느낀 것은
숫자에 속지 않고 그 안에서 진짜 친구를 판단할 수 있는 능력
이 생긴다는 것.
그리고 더 이상 친구의 수가 내 힘이 되지 않는,
내 스스로가 힘이 있는 사람이 되어 있는 지금.
더욱더 양보다 질에 집중하기로!

양이 아닌 질에 포함되어 있는 나의 친구들아!
항상 고맙다.
롯데리아 쏠게. 모여!

다르다와
틀리다

어릴 때 우린 같은 교복을 입고 같은 학교를 다니며

같은 급식을 먹으면서

누가 잘살고 못살고를 모른 채 (사실 관심도 없었지만)

누구나 떡볶이나 피카츄 돈가스를 입에 넣었다.

그땐 각자가 얼마나 다른지 몰랐고

설령 성격이나 성향이 다르다 해도

그게 뭐 어쩌라고? 안 맞으면 안 놀면 되는 거야, 그냥.

그렇게 졸업이란 걸 했다.

그런데 어른이 된 지금 다른 걸 다르다고만 하나?

나와 다르면 틀리다고 하지 않나?

다른 걸 다르다고 인정하는 게 어려워지고

다르면 틀린 거야라고 정해 버리는, 그렇게 우리는 무서운 어른이 되어 가는 거다.

다 필요 없고 다르든 틀리든 뭐,

어쩌라고.

그냥 나나 잘하자.

가장
무서운 건

가장 무서운 건….

어릴 때 들이마시는 숨이 미지근하다 못해 후끈할 때쯤
어김없이 채널 여기저기서 납량특집을 한다.
토요 미스테리 군인 귀신은 아직도 잊지 못하고
'전설의 고향'은 그냥 광고 위에 "전설의 고향"
써 있는 글자만 봐도
후다닥 채널 건너뛰기 할 정도였다.
책상 밑이 무서워 의자를 항상 집어넣고 잤고 잠결이라도 책
상 쪽으론 고개도 돌리지 않았다.
옷장 문은 조금도 열려 있는 꼴을 못 보고
항상 꼭꼭 닫고 다녔다.
머리 감을 때 엎드려 감는 게 그렇게 무서워서 서서 감았고
엘리베이터 타면 중간에 설까 무서웠고

숫자 4는 지금도 무섭다.
야간 운전할 때 룸미러로 뒷좌석 보는 게 무서워
앞만 보고 운전.
화장실 들어갈 때 옆 칸에 뭐가 있을까 은근 무섭고,
불 꺼진 학교는 아직도 무섭다.
허공 보고 짖는 강아지가 무섭고…

그래도 이걸 다 이길 정도로 무서운 건 사람이야!

IV.

생각
다이어트

"삶은 이런 숙제처럼
내 뜻대로 안 되기도
잠시 포기할까 하다가도
떠밀려 하게 되기도
내가 다 하지 않아도 함께 도와 가며
하기도 한다.
지금보다 더 힘든 숙제들이
기다리고 있을지언정
해보자. 살아 보자!"

냉삼
좋아해요

생삼보다 냉삼이 좋은 이유!

삼겹살을 좋아한다. 먹어도 먹어도 질리지 않는다.
유독 나는 냉삼파다.
일단 빨리 익는다.
익힘 정도가 중요하다는 안성태 셰프의 말을 살짝 지려 밟고
설익은 고기도 먹을 수 있을 만큼
허기질 때가 있다.
그때 생삼은 나에게 기다림의 미학만 알려 줄 뿐,
급해서 이리 뒤집고 저리 뒤집어 봐도 빨리 익지 않는다.
그런데 냉삼은 올림과 동시에 한 번 뒤집으면 끝.
심지어 생삼은 쌈이라도 쌀라 치면 입에 한가득 들어가
삼키기까지 한참 걸린다.
그런데 냉삼은 상추보다 얇아

쌈을 넣어도 씹어 돌릴 수 있는 입안에 여유 공간까지 준다.

그렇다고 얕보지 마라.
얇다는 것만 믿고 엎어 놓고 시키다가
계산할 때 배신감 드니까.

오늘도 냉삼한테 배신당하러 갈까?

나잇값

나잇값은 얼마예요?

모든 사람들이 같을 것이다. 늙고 싶지 않다는 거…
모든 사람들이 같을 것이다.
동안 소리 들으면 기분이 좋다는 거…
그런데 나한테만 시간이 17시간 주어지는 게 아니다. 모두에게 24시간씩 주어지고 365일을 함께 흘려보낸다.
그리고 또 다른 365일을 맞이한다. 그러니 누구나 늙는다.
다만 나이가 많다고 해서 모두가 어른이란 소리를 들을 수 있을까?
나 역시 스스로 어른이야!라고 말할 수 있을까?

보통은 어른답지 못한 사람을 보고 보통 나잇값 못 한다는 말을 많이 한다.

혹은 나이와 맞지 않게?라는 말이 별로지만 여튼 철없는 사람들을 보고도 나잇값 못 한다는 말을 하기도 한다.
근데… 그 값은 누가 측정하는 걸까?
40대도 20대 마음으로 살 수도 있고
또 어떤 10대 20대는 좀 더 노숙한 느낌으로 살 수도 있고
고로 나잇값은 싯가가 아닐까?
환경에 영향도 받고 개개인이 너무나 다른.
문과라 나잇값 계산은 못 해도…
내가 생각하는 진짜 어른은 그저 받는 게 아닌
주는 쪽인 것 같다.
물질적인 것이 아닌 표현 말이다.
어릴 때 생각해 보면 동생이랑 장난감 하나 먹을 거 하나로
다툴 때 가장 억울했던 게
누나니까 먼저 사과해.
그게 뭐라고 그때는 '미안해',
먼저 하면 죽는 건 줄 알았나 보다.
입에서 미… 미… 미… 오물오물 거리다,
제대로 안 한다고 또 혼나고.
나이가 들다 보니 인정이 빠르고 사과가 빠르고 고마운 건
제대로 고맙다고 하는
그런 어른들이 진짜 멋져 보이더라~
그러니 하자! 한 살 한 살 더 먹을수록 미안해하고 고마워하

자.

진짜 어른으로 겉이 아닌 속이 멋지게 나이 들 수 있게~

그래서 말인데 이 책을 읽고 계신 분 고마워요.

그리고 미리 미안해요~

냄비
받침

책 제목을 냄비받침이라 생각했던 날.

그저 가볍게 읽는 용도가 아닌

냄비받침으로 써도 좋다 생각했을 때,

별 의미 없던 냄비받침에 대해 생각을 좀 해봤다.

어떤 모양이든 어떤 재질이든 간에 식탁과 냄비 사이에 끼여

온몸으로 열을 다 받아 내는 게 냄비받침 아닌가.

심지어 어떤 냄비받침도 냄비 엉덩이로 가려 버리면 눈에 들

어오지도 않는다.

그 말인즉슨 일은 하고 있는데 일하는 티가 안 난다는 거지.

심지어 냄비받침이 아닌 그 아무거나가 냄비받침이 될 수도

있어 전혀 귀하지도 않다.

그래서 더 대단해 보이는 냄비받침이다.

그래서 말인데

냄비받침 입장에서 말해 보자면

받쳐 줄 때 뭐든 해라! 다 식을 때까지 받쳐 줄 테니, 뭐든 해.

뭐든 지지해 주고 밀어주는 사람을 냄비받침이라 생각하고

뭐든 팔팔 끓여, 올려 보라고!

생각
다이어트

69

잡생각 잡생각 잡생각 잡생각 잡생각 잡생각 잡생각 잡생각
잡생각 잡생각 잡생각 잡생각 잡생각 잡생각 잡생각 잡생각
잡생각 잡새각 잡생각 잡생각 잡생각 잡생각 잠생각 잡생각
잡생각 잡생각 잡생각 잡생각 잡생각 잡생각 잡생각 잡생각
잡생각 잡생각 잡생각 갊생각 잡생각 잡생각 잡생각 잡생각
잡생각 잡생각 잡생각 잡생각 잡생각 잡생각 잡생각 잡생각
잡생각 잡생각 잡생각 잡생각 잡생각 잡생각 잡생각 잡생각
잡생각 잡생각 잡생각 잡생각 잡새각 잡생각 잡생각 잡생각
잡생각 잡생각 잡생강 잡생각 잡생각 잡생각 잡생각 잡생각
잡생각 잡생각 잡생각 잡생각 잡생각 잡생각 잡새각 잡생각
잡생각 잡생각 잡생각 잡생각 잡생각 잡생각 잡생각 잡생각
잡생각 갋생각 잡생각 잡생각 잡생각 잡생각 잡생각 잡생각
잡생각 잡생각 잡생각 잡생각 잡생각 잡생각 잡생각 잡생각
잡생각 잡생각 잡생각 잡생각 잡생각 잡생각 갋생각 잡생각

잡생각 잡생각 잡생각 잡생각 잡생각 잡생각 잡생각 잡생각
잡생각 잡생각 잡생각 잡생각 잡생각 잡생각 잡생각 잡생각
잡생각 잡생각 잡생각 잡생강 잡생각 잡생각 잡생각 잡생각
잡생각 잡생각 잡생각 잡생각 잡생각 잡생각 잡생각 잡생각
잡생각 잡생각 잡생각 잡생각 잡생각 잡생각 잢생각 잡새각
잡생각 잡생각 잡생각 잡생각 잡생각 잡생각 잡생각 잡생각
잡생각 잡생각 잡생각 잡생각 잡생각 잡생각 잡생각 잡생각
잡생각 잡생각 잡생각 잡생각 잡생각 잡생각 잡생각 잡생각
잡생각 잡생각 잡생각 잡생가 잡새각 잡생각 잡생각 잡생각
잡생각 잡생각 잡생각 잡생각 잡생각 잡생각 잡생각 잡생각
잡생각 잡생각 잡생각 잡생각 잡생각 잡생각 잡생각 잡생각
잡생각 잡생각 잡생각 잡생각 잡생각 잡생각 잡생각 잡생각
잡생각 잡생각 잡생각 잡생각 잡생각 잢생각 잡생각 잡생각
잡생각 잡생각 잡생각 잡생각 잡생각 잡생각 잡생각 잡생각
잡생각 잡생각 잡생각 잡생각 잡생각 잡생각 잡생각 잡생각
잡생각 잡생각 잡생각 잡생각 잡생각 잡생각 잡생각 잡생각

나 거짓말 아니고 복붙 아니라 하나하나 키보드 두드린 거다~
나를 가장 무겁게 하는 건
내 몸무게가 아니야. 잡생각이야.
잡생각이 쌓이면 그게 나를 가장 무겁게 눌러.
그러니 살 빼기 전에 먼저 잡생각 빼기 하자!

내 머릿속과 마음이 가벼워지게~
다이어트 비법은 각자 달라.
다이어트에도 여러 비법 있듯이
생각 다이어트도 방법이 많아.
누구는 단순 노동, 누구는 여행 등등…

일단 지금도 잡생각 하는 사람 있으면
잡생각 할 시간에 저기서 오타가 몇 개인지 찾아봐!

너무 오래 움츠려 있지 마. 다리 저려 못 뛴다.

무언가를 준비하는 과정이 길거나 아직 시작하지 못한 사람들
에게 흔히들 하는 말이 있다.

걱정 마. 더 멀리 뛰려고 오래 움츠려 있는 거야.

그런데 생각해 봐라. 멀리뛰기 하는 선수들이 제자리에서 멀
뚱히 서 있다 뛰는 게 아니다.

엄청난 속도로 바람을 가르면 달려와 뛴다.

그럼 제자리 멀리뛰기는요?

라고 되물을 분들을 위해 추가 설명을 하자면

제자리 멀리뛰기도 제자리에서 팔을 미친 듯이 흔들어 뛴다.

그런 과정을 거쳐 멀리 뛴다.

그리고 그 과정을 위해 또 준비하는 과정 역시 있다.

보통은 누구에게나 다 때가 있다고 하는데 누구에게나 있으면

얼마나 불공평한가~

그냥 버스 기다리듯 어느 시점에서 기다리면

모두가 탈 수 있나?

준비된 사람. 과정을 밟고 있는 사람들에게 때가 온다기보다

그때를 미리 마중 나가야 하는 것이 아닐까?

행여나 스쳐 지나갈지도 모를 때를

확실히 잡아당길 수 있지 않을까?

그러니 그런 과정들을 쌓으며 움츠려 있다면 얼마든지! 좋다.

그래도 너무 오래 움츠리지 마라.

다리 저려 멀리 못 뛸 수도.

티키
타카

일방적으로 하는 건 말.

서로 하는 건 대화.

보통은 말이 많은 사람을 만나면 피곤하다고 한다.

기가 빨린다고도 하고.

그런데 나는 오히려 말이 없는 사람을 만나면 피곤하고 기가
빨린다.

심지어 집에 오면 그 어떤 것도 남은 기억이 없다.

분위기를 위해 오히려 더 애를 써야 하고

무슨 말이라도 해야 하고

그럼에도 불구하고 내가 하는 말에 그 어떤 자기 의견이나 생
각을 말하지 않고 그저 웃거나 끄덕이는 게 끝인 사람.

그런 사람을 만나고 오는 날엔 뭔가 내 것을 다 내어 주고 빈
껍데기로 집에 돌아오는 느낌이다.

그래서 다른 건 몰라도 친구든 부부든 사람을 만날 때 티키타카가 잘되는 사람이 좋다.
그거 뭐 놀부 박 썰듯이 밀었다 당겼다, 주거니 받거니 하면 되는 거 아닌가 싶겠지만…
가장 어려운 게 티키타카다.

누가 그러더라. 차라리 듣고만 있어 주는 게 낫다고.
티키하는데 같이 티키하면 얘기에 끝이 안 난다고~

그래서 독자분들과 나는 지금 티키타카가 되고 있어요?

뭐가 되려 마라,
지는~

꼭 뭐가 되려 하지 마라!

아니, 뭐가 돼야지. 반드시 뭐가 돼야지.

나의 엄마가 34주 품어 나를 낳아 주셨는데, 업고 안고 키워
주셨는데.

직립보행이 가능해지면서 자아가 생기면서 나 스스로를 내가
얼마나 챙겼는가.

배고프면 끼니마다 맛있는 음식을 챙겨 먹었고

비 오면 비 안 맞으려 우산을 쓰고

아파서 병원 가고 약국을 드나들었던 횟수는 셀 수 없고

햇빛에 그을릴까 선크림도 덕지덕지 발랐고

봄, 여름, 가을, 겨울 최선을 다해서 이쁜 옷도 사 입었고

건강해 보려고 헬스장 런닝머신 위에 올라가 뛰어도 봤고

세균으로부터 보호하려고 칫솔도 자주 바꾸고

내 몸에 닿는 웬만한 건 자주 빨았고
시력이 떨어져 잘 안 보이면 잘 보이라고 안경도 맞춰 썼고
하다하다 손톱, 발톱에 이쁜 색도 입혀 봤고
어찌하면 더 이쁠까 해서 머리도 잘랐다 길렀다 볶아도 봤고
힐링을 원할 땐 바다며 산이며 어디든 갔고
버스, 택시, 지하철, 비행기, 기차도 얼마나 많이 타봤는데
봤던 영화가 몇 편이고 들었던 음악이 몇 곡이며 읽었던 책이
몇 권인데
내가 준 사랑도 많지만 받은 사랑도 많은데
루테인, 오메가3, 비타민D, 비타민C, 유산균 배부르게 먹는
영양제가 얼마나 많은데…

뭐가 돼야지. 당장은 아니라도 언젠가 뭐가 돼야지.
그간 생일마다 불었던 초가 몇 개인데, 뭐가 돼야지.

그렇게 나 스스로도 아꼈던 내가 뭐가 돼야지.
누군가를 위해서라기보다 나 스스로를 위해 뭐가 돼야지~

그러니 뭐가 된 사람들아!
무책임한 말로 나를 주저앉히지 말아 주라.

5. 4. 3. 2. 1.

새해를 시작하기 앞서 항상 듣는 카운트다운 5. 4. 3. 2. 1.
카운트다운 없이 시작하는 새해를 생각해 본 적 있나?
너무 밋밋하고 고요할 거 같지 않나?
혹은? 이제 새해구나가 아닌 언제 새해였어?!가 될 것 같은
데…
그러니 이 카운트다운 5. 4. 3. 2. 1은 별거 아닌 거 같지만
자~ 이제 새해 온다, 온다, 온다, 온다, 온다, 왔다! 소리 질러!
전 국민의 설렘과 흥분을 같은 순간
동시에 모으는 느낌이랄까.

그런데 반대로 같은 카운트다운을 누가 하느냐에 따라 그저
두렵기만 한 숫자이기도 하다.

아나운서가 아닌 엠씨가 아닌 바로 엄마의 입에서 나오는 카운트다운.

빨리 와 5. 4. 3. 2. 1.

뭐 잘못했어. 빨리 말해 5. 4. 3. 2. 1.

엄마들은 카운트다운 말고 카운트 업으로 우리한테 시간 좀 주셨으면 어땠을까….

빨리 와. 1. 2. 3. 4. 5. 6. 7. 8. 9. … 109. 110. 111.

뭐 잘못했어. 빨리 말해.

1. 2. 3. 4. 5. 6. 7. 8. 9. 10. 11. 12. 13. 999. 1000.

사라질 것들에 대한 준비.

가을을 기다리고 기다리던 건

나뿐 아니라 옷장에 카디건도 마찬가지.

"이제 가을볕 좀 볼까" 했을 텐데… 올해는 못 봤다.

올해가 아닌 아마 내년, 내후년도 마찬가지 아닐까?

이렇게 가을이 사라질 것이고 카디건도 사라질 것이고…

우리가 마음에 준비도 못 했는데 보낼 생각이 없는데

사라진 것들과 앞으로 사라질 것들이 많다.

밤늦게 집 전화로 통화를 못 하니

동전 양껏 들고 향했던 공중전화도 사라졌고

8282, 1818, 486(486은 받아 본 적 없지만). 삐삐도 사라졌고

좌르륵 감기는 소리가 좋았던

카세트 테이프와 워크맨도 사라졌고

시내만 나가도 올해 가요순위를 알 수 있었던 테이프 팔던 리어카도 사라졌고
라디오에 사연 엽서도 사라졌다.

요즘은 종종 식당들을 다녀 보면 알바생 대신 눈 찡긋 하면서 누구에게나 똑같은 표정인 로봇이 음식을 가져다준다. 또 차디찬 쇠팔로 따듯한 커피를 만들어 주는 로봇도 있다.
아무리 퉁명스런 알바생이라 해도 로봇보다 따듯할 것 같은데…
로봇이 사장이라면 사이다를 서비스로 줄까? 남은 음식을 포장해 줄 수 있을까?
오늘은 기분이 좋다며 된장찌개는 돈 안 받는다 할 수 있을까?
왠지 계산하는데 카드 잔액 없다 뜨면 바로 쇠팔로 맞을 거 같다.
그러니 가장 무서운 건 사람이 사라지는 거다….
물론 다른 것들도 준비 없이 사라졌지만…
그 자리에 더 좋은 것들이 생겼다.

사람이 싫다 싫다 했지만 사람보다 좋은 게 있을까?
정이란 게 있는 사람 자리를 그 무엇이 채울 수 있을까?

망각이라는
축복

신이 주신 선물이 망각이라는 말 한두 번쯤 들어 봤을 것이다.

맞다. 좋았던 기억도 나빴던 기억도

개인마다 잊혀지는 시간은 달라도 결국 잊혀지고야 마는~

좋았던 인연도 잊혀지고 죽일 듯이 물고 뜯던 사이도 언제 보

면 웃고 있는… (사실 이건 제일 이해가 안 되지만~)

그런데 완전한 망각을 주신 건 아닌 거 같다.

감각이란 것을 같이 주신 바람에

잊혀진 것도 어떠한 형상 어떠한 냄새 어떠한 소리도

다시 끄집어내지니까 말이다.

지독히 잊고 싶었던 것들이

별거 아닌 소소한 것들로부터 다시 상기된다는 거

단전부터 다시 뭔가가 뜨겁게 끓어오르는 거

그게 그렇게 싫더라고 그 감정들이

반대로 좋은 것도 다시 상기되잖아요?라 물으신다면

신기하게도 좋았던 것들, 때로는 잊고 싶지 않았던 것들은
어렴풋이 그게 뭐였더라, 그때가 언제였더라…
이게 아메리카노인가 그냥 원두 씻은 물인가 싶을 정도로
미미하게 상기된다.
또 누군가는 신이 망각 대신 생각이란 선물을 줘서 망각 자체
를 못 하는 경우도 있다.
모든 걸 다 기억하는 사람.
좋았던 기억, 나빴던 기억이 수십 년이 지나도
너 기억나? 너 그때 나한테 그랬잖아.
정확히 말할 수 있는 생각들.

결론은 망각은 신이 주신 선물이 맞으나 그 선물을 모두에게
준 것은 아닌 걸로.
그렇다면 나는 축복보단 박복이 맞는 거 같다.

진짜 못 있겠어. 진짜 정말로~

사람 아닌
돈이 재산

사람이 재산이다.

결국 재산보다 사람이 많은 사람들이 하는 얘기 아닐까?

좋다. 많은 사람과 인맥.

심지어 그들이 사회에서 한 자리씩 차지하고 있고

이런저런 일로 나를 종종 도와주기도 한다면 정말 든든하겠지.

근데 정말 평생 도와줄 수 있을까?

그저 밥 한 끼 정도씩이 아닌 실질적인 도움을 평생 나한테 줄
수 있을까?

그렇다면 사람이 재산이란 말이 맞다.

가족도 나중에 돈으로 다투면 남이 되는 경우도 많은데

피 한방울 섞이지 않은 나의 재산(사람)들이 나를 계속 도울
수 있을까?

사람은 변하기 때문에 사람이 재산이 아니라 돈이 재산이다.

어찌 보면 깊은 관계는 아닐지 몰라도

진짜 재산을 많이 가지고 있으면
그때 없던 사람도 생길 수는 있다.
그렇게 생긴 사람은 진짜 친구가 아니라고?
진짜 친구가 될 수도 있다고 본다.

돈이 다가 아니다는 말 역시 아니다. 돈이 다다.
사랑이 넘치는 집도 어느 순간 돈 땜에 다툼이 생기기도 하고
친구가 많더라도 얻어먹기만 한다면
어느 순간 만나는 횟수도 줄게 되고
그냥 하는 말이 가시처럼 들려
자격지심에 빠지게 만들기도 하는 게 바로 돈이다.
그래서 꼭 있어야 한다. 돈.

예전엔 돈보다 명예가 젤 중요하다 생각했다.
돈이 곧 명예다. 돈이 있음, 10번 싸울 일을 1번 싸우게 되고
돈을 쥐고 있으면 천하에 불효자도 효자가 될 수 있는 그게 바
로 돈의 힘인 것 같다.
나이 들수록 친구가 사라진들 내 노후가 불행하진 않지.
나이 들수록 돈이 사라지면 내 노후가 힘들어지니까.
돈이 재산이다!
쟁여 두면 언제가 빠져나가는 사람이 아닌
쟁여 두면 조금씩 이자라도 붙는 돈이 재산이다!

근데…

사람은 있다가도 없고 없다가도 있잖아…

돈은 항상 없더라~

사소한 행복.

행복은 사소한 것에 있다. 사소한 행복은 겁나 짧아!

큰 행복은 오래 남던데…

사소한 행복은 이게 행복이 맞나? 할 정도의 체감인지라

그리고 개인마다 다 다른지라

감사함을 모르고 스쳐 보내는 것 같다.

진하고 큰 행복을 기다리면서…

각자 너무 당연하고 소소해서 행복인가? 할만한

사소한 행복은 어떤 게 있나?

나는… 음…

네일 받을 때

점심시간 어중간하게 지나서 맛집 갔는데

줄 안 서고 바로 입장 가능할 때

알람 맞춰 놓고 잤는데 알람보다 1분 정도 일찍 일어났을 때
(알람보다 30분 일찍 일어나져도 은근 화남)
기상하고 기지개 켰는데 제대로 켰나
온몸에 전기 오듯 짜릿할 때
(하품도 가짜가 있듯 가짜 기지개 켜면 왠지 재채기 나올 거 같은데
안 나오는 찝찝함이랄까)
빨래 탁탁 털어 널 때 은은하게 퍼지는 섬유린스 향
세탁한 보송보송한 이불 얼굴 반쯤 덮고 잘 때
비 오는 날 낮잠 잘 때
티비 보면서 귤 까먹을 때.

그래도
큰 훅도 좋지만 잔잔한 쨉 여러 번에도
상대가 쓰러질 수 있듯이
우리
잔잔하고 소소한 행복도 찐행복으로 받아들여 주자고요~
그리고
매일매일 행복하지 마세요.
가끔씩 행복한 삶을 사세요.
그래야 진하고 달콤하고 귀하니까요.

입에 쓴
좋은 약

충고라 말하는 입에 쓰다는 좋은 약.

건강에 좋은 약은 입에 쓰다라는 말이 있다.

상대방의 쓰디쓴 충고도 겸허하게 받아들여야 발전한다는 뭐,

그런 뜻인데…

시대가 바뀌면서 많은 것이 바뀌었다.

왜 건강에 좋은 약이 입에 써야 하나?

요즘 얼마나 신약들이 많이 나왔는데 아직도 쓰면 되나?

쓰지 말라고 코팅 이쁘게 된 약들도 많은데 쓰면 되나?

좋은 약은 입에도 달아야지. 그래야 먹는 사람도 거부감이 없

지 않겠나?

그리고 달고 쓰고 간에 아무리 좋은 약도 남용하면 내성 생

긴다.

이미 아침, 점심, 저녁 식후 30분에 약을 먹었는데 또 먹으라
고 주면 남용 아닌가?

그러니 쓴약이든 단약이든 온 마음으로 주는 사람이여~
해줘도 좋은지, 감사한지 모를 충고하지 말고
해줘도 쓰니 다니 소리 듣는 충고하지 말고
그렇게 좋은 약이면 그냥 내가 먹자. 그냥.

행동보다
말이 먼저

보통은 말보다 행동이 먼저라는 말 많이들 듣고 많이들 한다.

나 역시 누군가 "할지 말지 고민이야"

라는 말이 떨어지기 무섭게

일단 해! 고민할 시간에 해!라고 말하지만

행동이 너~무 늦어진다거나 할지 말지 고민이야 했던

그 고민을 잊는다는지…

하는 나 같은 사람들은

말을 먼저 하는 게 맞다. 주변에 널리널리 알려라.

"나 이번에 책 쓸 거야."

"나 이번에 노래강사 자격증 딸 거야."

"나 결혼할 거야."(이건 혼자 하는 일이 아니다 보니… 매년 말했

지만 상당히 늦게 실행되었다는…)

"나 이번에 헬스장 등록할 거야."

(등록한다고 했지 다닌다는 얘기는 안 했잖아…)

이렇게 밖으로 뱉음과 동시에 내 달팽이관을 자극해 뇌로 가서
뱉은 말이니 지켜야 한다는 책임감과…
행여나 잊을 때쯤 주변 친구들이
"책 쓴다며 잘되고 있어?"
"노래강사 자격증 나왔어?"
이런 중간 점검 비스무리 한 것들로 나를 채찍질해.
아! 해야지, 하고 말아야지! 하면서 비로소 행동으로 해나가게
되는 거다.

유일하게 말이 먼저라도 평생 안 되는 것.
친구들도 믿지 않는 말.
"나 올해는 다이어트 할 거야."

그래서 고구마 먹고 있잖아, 오사쯔!
그래서 야채만 먹고 있잖아, 야채타임!

사는 건 숙제 같아.

어릴 때 숙제를 생각해 보자.

물론 착실히 해나가는 친구들도 있지만

엄청 미뤘다가 한꺼번에 하는 게 숙제 아니었나?

특히 그 탐구생활~ 지금 생각하면 날씨를 왜 써야 하나 싶었던

사실 그 안에 숙제보다

날씨 추측해서 쓰는 게 더 힘들었던 것 같다.

또 숙제는 아예 안 하기도 한다.

그래서 숙제와 다른 깜지라는 방식으로

반성문을 서너 장 썼어야 했던, 결국 다른 숙제가 주어진 거나

다름없었던 것 같다.

또 혼자 하는 것이 아닌 누구랑 같이 해야 하는 조별 팀별 숙

제도 있었다.

이 숙제의 장점은 내가 100프로를 쏟지 않아도

뾰족한 행동만 안 한다면

팀 내 능력자 몇 명 덕에 좋은 점수를 같이 가져갈 수 있었던

어찌 보면 불공평하기도 한 방식이었다.

나 같은 경우는

팀원들이 거의 소심한 숨은 조력자들 느낌이라

그 친구들이 거의 디테일하게 준비한 내용을

세상 활발했던 내가 발표를 하는 바람에 모든 공이 나한테 오는 느낌이었달까?

삶은 이런 숙제처럼

내 뜻대로 안 되기도

잠시 포기할까 하다가도 떠밀려 하게 되기도

내가 다 하지 않아도 함께 도와 가며 하기도 한다.

그런데 결국 해내고야 마는 게 숙제지 않나?

결국 살아가고야 마는 게 삶이다.

지금보다 더 힘든 숙제들이 기다리고 있을지언정

해보자. 살아 보자!

징크스 뜻을 찾아보면

재수 없는 일, 불길한 징조, 으레 잘못될 것만 같은 악운으로

여겨지는 것이라고 한다.

엄청 찝찝한 뜻을 가지고 있는 일종의 미신이지.

우린 그런 악운을 나름 피하려고 꼭 그 행위 안에

나를 맞춰 산다.

유명한 스포츠 선수, 연예인들도 징크스를 가지고 있더라.

손흥민 선수는 그라운드로 들어설 때

오른발부터 딛는다고 하고

아이유는 노래 제목을 세 글자로 지어야 대박이 난다고 생각

하는 징크스가 있다고 한다.

그도 그럴 것이 '잔소리', '좋은 날', '너랑 나', '분홍신' 등등

얼추 많은 것 같기도 하고~

저마다 한두 개씩은 가지고 있을 징크스.

궁금하지 않겠지만

나는 신호등을 건널 때 흰색만 밟아야 하루가 잘 풀리고

길가다 노란택시를 보면 그날 갑자기 생각지 못한 돈이 훅 빠져나간다.

어렴풋이 노란택시를 보고 눈을 감아 봐도 늦다.

수염을 그리거나 분장을 할 때 지우고 다시 하게 되는 경우,

그날 녹화가 잘 안 되는 징크스도 있다.

대부분 평균적으로 많은 징크스가

내가 경기를 안 봐야 이긴다! 이런 징크스도 있지.

정말 응원하는 팀에 진심인 사람은 직관 자체를 안 간다는 사람도 봤다.

이 모든 게 나는 일종에 나를 가둬 놓는 병과도 같은 거 같다.

실제로 이걸 누군가에 의해

내 의지와 상관없이 한 번만 와장창 깬다면

사는 게 조금은 편해지지 않을까.

그렇게 따지면 운전하면서 차바퀴가 횡단보도 흰색으로만 지나갈 수 있냐고?

이미 무수히 밟았을 검정선.

아이유도 아이유라 이미 많은 사람들이 사랑한

아이유의 노래라 대박인 것을.

'김수한무 거북이와 두루미 삼천갑사 동방사'라는 제목이라도 대박이 났을 것이다.

나는 매일 아침 나를 가뒀던

오늘의 운세를 버린 지 오래되었다.

무슨 색 속옷을 입어라,

오늘은 가까운 누군가와 싸움이 있을 것이니 조심해라 등등

괜히 그런 날은 누군가 나를 열받게 해도 참고

거기에 나를 맞췄던 거 같다.

어차피 일어날 일은 조심해도 일어날 것인데 말이다.

괜히 하루의 기분을 좌지우지하는 오늘의 운세가 아닌

오늘의 족쇄에서 벗어났더니

한결 편하고 이래서 이런 일이 일어났네,

하는 의미부여도 없어졌다.

다들 깨보자. 나를 가두는 나 스스로가 만든 징크스에서.

아이씨! 카페에서 쓰고 있는데 노란택시 지나가네~

돈이 빠져나가기 전에 통장 잔액을 다 써서

돈을 없애 버려야겠다.

도망쳐서 도착한 곳에 낙원은 없다.

내가 가장 좋아하지 않고 이해하지 못하는 명언 중에 하나다.
아니지. 나에게는 명언이 아닌 그냥 문장이라 할 수 있겠다.

도망칠 땐 낙원을 찾아 뛰는 게 아니던데
그냥 지금이 지옥 같아 어디든 피하고 싶을 뿐
도착한 곳이 낙원이든 천국이든 지금보다 낫다는 생각으로
그냥 뛰는 거야.
심지어 너무 어두워서 주변에 뭐도 보이지 않아.

너무 무책임한 말 아닌가? 도망치지 마.
맞닥뜨려야지, 부딪쳐 봐야지.
그래서 그때 넘어지면

뒤에서 받쳐 줄 정도로 근처에 있어 줄 수 있냐고.

아님 엉덩이라도 밀어 줄 수 있냐고.

그냥 정말 탈탈 털려서 뼈밖에 없는 나한테

호랑이가 앞에 있는데

무기 들 힘마저 없는 나한테

호랑이를 피하라고 하는 게 맞지 않나.

정말 맞서 싸울 힘이 생길 때까지

혹은 무기라도 갈고 닦을 힘이라도 생길 때까지

근데 호랑이를 사냥해서 먹어. 앞에 있잖아. 왜 피하는 거야.

이 말이 맞나?

본인들은 스테이크 썰면서, 할 수 있는 말일까?

그래서 난 도망쳤다 다시 돌아오기 위해 2배의 힘이 들더라도

일단 숨이라도 붙어 있고 싶어 뒷걸음질 쳤다.

도망칠 땐 몰랐지. 다시 돌아오는 길이 이렇게 변해 있었을지.

그땐 아스팔트였던 것 같은데

가시밭이 되어 있을지를… 그래도 후회는 없다.

그때보다 조금 강해져 있으니,

이젠 호랑이가 오면 무기 정도는 휘두를 수 있으니.

지금 너무 지쳐 있고 무너져 있고 그 어떤 의지조차 없다면

일단 도망쳐라. 낙원을 나도 안다면 알려 주겠으나

일단 도망쳐라. 나를 지키기 위해서~

추억은
돈 주고 못 사

한 살이라도 젊을 때 많은 경험들을 하라고 한다.

맞다. 정말 나이를 한 살 한 살 먹을수록

여행 갈 시간도 그 시간을 맞춰 갈 사람도

그리고 열심히 걸을 체력도 없어진다.

그러니 한 살이라도 젊을 때 뭐든 경험하라는 말,

정말 뼛속 깊이 공감한다.

추억은 정말 돈 주고 못 산다는 말이 있지 않나.

그런데…. 추억을 만들려면 돈이 있어야 되네…

그럼 돈을 벌어야 되니, 여행 갈 시간도 추억을 만들 시간도

당분간 없네…

그럼 또 한 살 한 살 나이를 먹겠지…

그럼 결국 걸을 체력이 없어지면 만들 수 있나, 추억이란 거?

그러므로 추억은 돈을 주면 살 수 있는 게 맞네.

포장이
반이다

물론 포장지 안에 내용물도 중요하지만
누구나 처음으로 보는 게 겉이다. 책도 겉면, 선물도 겉포장.
택배도 상자부터 보게 되는 그냥 처음 딱 맞이하는 것이 다 겉
포장이다.
내가 책을 사는 데 있어서 가장 중요시하는 게 있다.
베스트 셀러? 혹은 머리말? 작가 이름?
아니 책표지. 그리고 제목.

옷을 멋드러지게 잘 입고 있어 눈을 사로잡는 책
아님 간판. 즉 제목이 마음을 사로잡는 책
이 두 가지가 내가 책을 선택하는 데 중요한 역할을 한다.

보통 영화도 예고편이 그 영화를 포장한 포장지라 생각한다.
일단 예고편이 끌리면 포장지를 벗겨 안에 뭐가 들었을까 볼
거 아닌가?

예전엔 그 안에 알맹이가 좋으면 되는 거 아닌가 했는데…
아니다. 어떤 옷을 입고 있냐에 따라 별거 아닌 알맹이도
대단해 보이고
대단한 알맹이는 별거 아닌 게 될 수도 있다고 생각한다.

그런데 내가 유일하게 포장지를 보지 않는 게 있다. 그건 사람.
사람을 볼 땐 겉포장지를 보지 않는다.
알맹이 속이 가장 중요하니까.
속이 너무 좋고 진국인 사람은 아무리 포장이 남루해도 그조
차 빛나 보인다.
그래서 사람을 볼 땐 포장은 중요하지 않다.

나는 포장이 아예 안 되어 있는 거 같은데…
신문지라도 좀 가져와서 포장해 줘봐요!

화를
다스리는 법

많은 영상들을 접하다 보면
화를 내면 더 큰 화를 부른다는 이유로

화를 지혜롭게 내는 법
화를 참는 법
화를 다스리는 법이 많이 나온다.
어디에도 있는 화 없는 화 다 내라는 영상은 없다.

보통 화를 다스리는 법으로
명상음악을 틀어놓고 편안한 자세로 앉습니다.
온몸에 긴장을 풀고 마음을 호흡하는 데 집중합니다.
눈을 감고 숨을 깊게 들이마시고 천천히 내쉽니다. 다시 한번
반복합니다.
그렇게 화가 없어지…지 않네!

다 필요 없고 매운 거나 먹을란다.
매운 거 먹고 땀 뻘뻘 흘리면서 풀란다!

결국 화를 내면 나 스스로를 해친다 하는데
화를 참아 화병 걸리는 것도 나를 해치는 거니
그냥 화 낼만 할 때 내고 그래도 안 풀리면
매운 거 왕창 먹을래.

그러니까 지금 불닭볶음면 먹게 물 올려라!

하루를 알차게 잘 써야겠다.

누군가에게는 너무나 바라는 하루일 것이고
누군가에게는 다시 없을 하루일 것이고
누군가에게는 간절한 하루일 것이고
누군가에게는 얼른 지나가 버렸으면 하는 하루일 것이고
누군가에게는 되돌리고 싶은 하루일 것이고
누군가에게는 너무 짧은 하루일 것이고
누군가에게는 너무 긴 하루일 것이고
누군가에게는 붙잡고 싶은 하루일 것이고
누군가에게는 이미 없어진 하루일 것이고
누군가에게는 멈췄으면 하는 하루일 것이고
누군가에게는 하루인지 모를 하루일 것이고
누군가에게는 특별한 하루일 것이고

누군가에게는 평범한 하루일 것이고
누군가에게는 생사가 오가는 하루일 것이다.
그러니 하루를 그냥 보내면…

지금 이 순간에 하루는 다시 오지 않으니
새로운 하루를 위해 지금의 하루를 제대로 보내자.

V.

엄마의
잔소리는
숨이다

"영원한 행복은 당연히 없겠지만
밝은 딸, 밝은 남편과 함께 하는 지금이
원치 않는 일로 또다시 무너질까 봐…
그때는 다시 일어날 의지마저 생기지 않
을까 봐, 그게 고민이야…"

30이
다가온다

30이 다가오는 게 무섭다?

40이 다가오는 게 무섭다?

말만 바꿔 보자. 바로 하자. 30에게 40에게 다가가는 거라고. 주체가 내가 되면 무서울 게 없지 않을까?

나이가 든다는 거… 생각해 보면 나는 앞자리 바뀌는 게 별 감흥이 없었던 것 같다.

10대 때는 자아는 있었으나 생활력이 없었으니 부모님이 주는 대로 먹었고 부모님이 선택한 집으로 이사를 다녔고 부모님이 보내 주는 학원을 다녔던 것 같다. 흘러가는 시간이 더디게 느껴졌다.

지금 친구가 영원할 거라는 확신으로 나보다 친구가 더 중요했던 것 같다.

20대 때는 뭔가 앞자리가 바뀐다는 게 좋았던 것 같다. 진짜 어른이 된 느낌.

10대 때 못 해봤던 것들을 원 없이 했던 것 같다.

지금이면 입가에 미소를 띌 수도 있는 민중검사도~

너무나도 기분 나빠 하며 보냈던 20대

너무 행복했지만 너무 불안정했던 20대

뭘 해야 하지? 뭘 할 수 있을까??

놀면서도 불안했던 20대 가장 불안했던 그 시기.

나는 개그우먼이 되겠다고 40만 원 정도 들고 서울로 상경했었다.

더 불안한 꿈을 향해서…

30대 땐 뒤도 안 돌아보고 달렸던 것 같다. 3이란 숫자에 연연할 여유도 없이.

사실 친구들이 무엇을 이뤄 놨고 무엇을 하는지 모를 정도로 비교군도 없던 터라. 무작정 열심히 살았다.

힘도 들었지만 지금의 40대를 있게 한 버라이어티한 희노애락이 다 있었던 시기가 갔다.

40대에 접어든 지금

30대 때보다 더 미친 듯이 일하고 있다.

혼자가 아니기에 남편과 딸 가족을 위해 그리고 나를 위해 뛰고 있다.

물론 앞서 지나왔던 시기보다 체력적으로 지쳐 있긴 한데 정신적으론 더 강해진 40대인 것 같다.

가끔은 아주 가끔은 비타민과 영양제를 털어 넣으면서

생각해 본다.

좀 더 일찍 많이 이뤄 놨다면…

지금쯤 하고 싶은 일만 선택하면서

워라밸이라는 단어만 들어도

고급스러운 것을 지키면서 살 수 있었을까?

글쎄, 가져도 더 가지고 싶은 게 사람 본능인데

가능할까 싶기도…

돌이켜 보면

40대야말로 나를 더 들여다보고 주변 사람이 정리되며

나와 가족 중심으로

뭔가 더 담백해지는 시기가 아닐까 생각된다.

50대 땐 또 어떤 삶이며 어떤 감정이며 어떤 느낌일까?

그저 이 앞자리 숫자를

연연하면서 두려워하지도 무서워하지도 말자.

가장 두렵고 무서운 건 나이 앞자리가 아닌

몸무게 앞자리 바뀌는 거다.

얼른 런닝머신에 걸린 바싹 마른 수건을 걷어 내고

조금이라도 뛰어 보자.

우리 엄마는

자존감이 높고 자기애가 강하고 막연한 희생이 없고.

그렇다 보니 자식에게 큰 기대도 안 하고 기대지도 않는다.

정말 독립적인 사람.

어릴 때 기억을 더듬어 보면

아니 너무 강해서 더듬지 않아도 떠오르는데

동화책을 읽어 줬던 적이 없는 거 같다.

잘 자~ 우리가 누우면 방에 불을 끄고 동화 테이프를 틀었다.

엄마 없는 방에서 흥부, 놀부를 들어 본 적 있나?

성우들이 능력 이상으로 하는 도깨비 연기는 정말이지 밤에

가위 눌릴 정도다.

눈을 질끈 감고 놀부가 박을 썰기 전에 잠들었던 것 같다.

학교 다닐 땐 비 올 때 엄마들이 우산 들고 서 있는 게 너무 부

러웠다.

심지어 우리 집은 엄청 가까웠는데…

아무리 우산을 써도 젖는다며 셋이 젖어 뭐하냐며

"둘이 얼른 뛰어와. 엄마가 씻겨 줄게. 다 씻고 고구마 먹자!"

한번은 시장을 같이 갔다 맘껏 장보기 힘들 거 같으니 말을 타고 있으라 했다.

그 당시 리어카에 스프링 말 네 마리 정도 달고 다니던 이동식 경마장이 있었다.

말이 경마지 절대 앞으로 나가지 않는 말.

주인아저씨는 인간 타이머 수준이었지.

철저히 오류 없이 정확한 종료 시간에 내려오라고 했었다.

우린 후불제여서 나랑 동생은 옆에 애들이 바뀌는 줄도 모르고 열심히 앞만 보며 탔다.

아니 시간이 지나면서 탔다기보다 타졌다는 게 맞다.

몸을 움직이지 않아도 반동에 말이 계속 움직이니 말이다.

그렇게 허벅지가 무감각해지는데도 엄마는 오지 않았다.

내리겠다고 하니 아저씨는 칼같이 "돈을 안 내서 안 된다" 했고, 나와 동생은 계속 말 위에 있을 수밖에 없었다.

결국 해가 지고 아저씨가 리어카째로 우리를 태워 우리 집으로 향했다.

사람이 없어야 될 집에 밥 냄새가 진동을 하더라. 문을 열고 엄마는 너네 왜 여기 있냐며, 화들짝 놀라더라!

우리를 깜빡 잊은 거다. 아니 둘이나 잊는다고? 그럼 그 밥은 누굴 위해 하고 있었던 거냐고~

한몫 챙긴 아저씨는 웃으며 퇴근하시고

나랑 내 동생은 그 후

제주도를 가도 말은 구경도 안 하게 되었다.

정말이지 엄마라면 할 수 없는, 엄마라면 응당 할 수 없는 몇 가지 사건들.

그땐 정말 계모일 것이다, 확신했는데 다 커서 엄마를 보니 독립적이고 자기애 강한 엄마가 얼마나 편한가 생각이 든다.

자식에게 의지하지 않고 뭐든 스스로 하시는…

얼마 전엔 밥 먹다가 "몇 달 전에 위의 용종 좀 많이 뗐다" 하시더라.

왜 그걸 이제 얘기하냐 했더니

"니가 떼주니? 의사가 떼주지. 의사한테 말하면 돼지."

맞는 말이다. 내가 해줄 수 있는 게 없지… 투박한 말속에 걱정을 끼치지 않으려는 부담 주지 않으려는 마음이 보였다.

그런 엄마가 너무 편하고 반대로 더 챙기고 싶은 마음이 드는 건 어쩔 수 없다.

본인이 너무 소중한 엄마는 내 딸에 실양육자라 해도 과언이 아니다.

나는 황혼육아 할 생각이 없다. 아무리 돈을 많이 줘도 다른 일을 하는 게 낫지, 라던 엄마였는데 얼마 전에 하신 말씀이 생각난다.

"지금에서 말하지만 갓 태어났을 때 잠도 못 자고 힘들어하던 니 얼굴을 보면

내 딸 괴롭히는 손주가 진짜 미웠다.

근데 요즘은

커서 대화도 되고 너 키울 때 아무것도 모르고 키웠는데

소소한 감정도 읽게 되고 재밌어."

그래서 내가 얘기했다. "엄마 그럼 이번 달만 내가 나갈 돈이 많은데 30만 원만 줄여 드려도 되나?"

웬일로 흔쾌히 "그래라! 내가 니 딸한테 30만원치 사랑을 덜 주면 되니까."

여전히 엄마는 엄마를 더 사랑한다.

부부란?

부부에 관한 명언들이 넘쳐 나는 와중에

부부란 같은 방향을 보고 가는 것이라는 말이 있더라.

서로 다른 방향을 보고 살고

서로 다른 생각과 자아가 있는 둘이 만나

하나가 되어 가는 과정이라 하는데…

나만 그런지 모르겠지만…

나는 남녀 데이트 중에 영화관람이 제일 아까운 시간 같았다.

서로 마주 보고 대화를 할 수 있는 것도 아니고

옆에 앉아 정면에 스크린만 보며 두어 시간 보내는 데이트.

옆에 앉아 설레고 심장 두근거림에

영화도 제대로 안 들어오고

그 사람 얼굴도 제대로 보지 못하는 영화관람.

그래서 나는 영화는 혼자 혹은 친한 친구랑 보러 갔던 것 같다.

갑자기 왜 영화관 데이트 이야기냐 하겠지만
나는 부부란 사랑하는 사람이란 같은 방향을 보는 게 아니라
마주 보는 거라 생각한다.
부부라는 가족이라는 틀에
서로를 하나라 생각하는 게 맞을까?
남편도 꿈이 있을 것이고 나도 꿈이란 게 있을 것인데…
그게 같은 방향일까?
서로를 마주봐야 상대방 안색이 어떤지,
기분이 어떤지 살피면서
챙겨 주고 때론 혼자 있는 시간도 주며 살 수 있지 않을까.

부부란 서로 다르게 살던 사람이 만나
각자의 꿈을 가지고
서로의 부족함을 채워 주기보다 인정하고 받아들이며
서로의 좋은 부분을 확대해서 봐주며
마주 보고 서로를 살펴 가며 살아가는 거라고 생각한다.

며늘아~ 엄마라 생각하고 편하게 해.
(그래요? 그럼 엄마 나 물 좀)

제 이상형이요? 착한 사람이요.
(얼굴이 착한 사람 말하는 거죠?)

진짜 너한테만 말하는 거야.
(오늘 나한테만 말한 거겠지)

조만간 연락할게. 밥 먹자.
(조만간 조! 조둥이만 가지고 만! 만남을 약속하고 간! 간보는 인간
들 제발 그냥 잘 가 하고 헤어지자)

나 어제 시험공부 못 하고 그냥 잤어.

(잠 한 숨 안 잔 나는 반타작인데? 한 개 틀린 너는 새벽 4시에 잤겠지)

먹힐 때 먹어. 그거 크려고 그런다. 결국 다 키로 간다.
(먹힐 때? 안 먹힐 때가 없었는데… 결국 키는 153. 크긴 컸다. 옆으로)

나 안 취했어 혹은 나 취했어.
(안 취했다고 하는 거 보니 취했네. 술한테 이겨 본 적 없으면서 왜 자꾸 싸우는지…. 취했다고? 화장실 갔다 오더니 풀메가 다시 되어 있는데?)

세뱃돈 엄마한테 맡겨 나중에 줄게.
(이자까지 치면… 집 하나는 사주셔야 될 거 같은데요. 다 쓰고 없다고요? 음… 법대로 하시죠)

향기 좋다고? 내 살냄새야.
(그럼 딥티크 향수가 니 살냄새 베껴서 만들었나 보네)

저는 정직하게 투명한 정치를 하겠습니다!!!
(……………………………………………………누구세요??)

서울 상경하고 긴 시간 나름 자취생활을 오래 했다.

첨엔 먼저 상경한 대학교 친구랑 같이 살았고

그리고 나 혼자 살다가 개그우먼 지영(니퉁)이랑

낙성대에서 화곡동까지 오래오래 룸메였다.

그리고 엄마가 상경하면서 자취생활은 끝이 났다.

보통 자취를 하면 과일이나 생선을 챙겨 먹기 쉽지 않다.

그럼에도 불구하고 나는 쌀이 떨어져 밥은 못 먹더라도 과일
은 절대 떨어지면 안 된다.

과일을 어느 정도 좋아하냐면 이사를 갈 때마다 귤값에 따라
동네를 결정할 정도였다.

화곡동은 귤이 50개 3,000원 강남은 10개 3,000원이었으니

화곡동은 나한테 최고의 동네였다.

그렇게 최상의 상태인 과일들을

최고 맛있을 제철에 항상 먹었던 내가
오늘 문득 딸기를 씻으면서 생각했다.
그렇게 많은 것을 희생하며 양보하며
딸을 키우는 건 아니지만
다른 건 몰라도 과일만큼은 딸한테 양보하는 것 같다.
최상의 상태인 이쁜 딸기는 딸 접시에
무르거나 약간 상한 딸기는 부분을 도려내서
내 접시에 올리게 되더라.
내 딸기는 여기저기 원형탈모 딸기더라.

그래도 포크로 꼭꼭 눌러 야무지게 먹는 딸의 모습만 봐도
배부르다…가 아닌
내가 먹어야 배부른데… 제발 몇 개 남겨라, 제발 몇 개 남겨
라… 어? 다 먹네??
내일 눈뜨자마자 마트 가서 나도 이쁜 딸기 먹을 거다!

명절이
좋은 이유

명절의 공허함이 좋아.

언제부터였는지 기억도 안 난다. 명절을 보내지 않은 게…

친척들의 북적임을 잊은 지 오래인 게…

명절이야말로 내가 제대로 으시댈 수 있었던 때인데…

유독 부친이 세뱃돈이나 용돈을 가장 많이 줬다.

(그때 아껴서 부도란 것 좀 막아 보지)

그래서 다들 우리 집 식구들이 도착할 때면 버선발로 "삼촌"

하고 뛰어왔고

그게 그렇게 좋았던 거 같다.

그러다 IMF 이후부터는 없었다. 명절이라는 거….

처음엔 마치 멋지고 화려한 무대를 마치고 내려온 대기실마냥

뭔가 공허하고 어색하고 마치 나만 다른 세상에 살고 있는 것

같았는데…

그래서 연말이든 명절이든 자고 일어나면 지나가 있길 바랐는
데…
이마저 적응이 된 요즘은
다들 삼삼오오 고향으로 떠나 막히지 않고 뻥 뚫려 있는 도로,
아무도 없는 동네에 나만 있는 거 같은 그 공허함을 온몸으로
받아들이게 된 거 같다.
그래도 특별할 것 없는 명절을 매년 맞이하는 게 썩 좋은 건
아니다.

세월이 흘러 흘러 요즘은 거의 대부분 당일치기로 다녀오거나
혹은 고향을 안 가는 사람들도 많아진 터라~
마치 명절 공허함 동지들이 생긴 거 같아 덜 외롭다.

가족은
요아정이 아니죠

인생은 선택의 연속이라 한다.

다른 건 몰라도 절대 선택할 수 없는 게 있지.

피는 물보다 진하다는 바로 가족.

피를 갈고 싶을 때도 있는 법~

개인 가정사는 당사자만 안다고

최근 들어 가족 땜에 힘들어하는 공인들의 일들을 보고 있노
라면 남일 같지 않다.

본인들이 겪지 않은 일들이라 감 놔라, 대추 놔라 할 수 있는
것.

직접 겪으면 글쎄… 버텨 낼 사람 있을까 하는 생각을 해본다.

대응, 대처? 정말 처음 겪는 일을 마치 예상해서 미리 준비할
수 있는 사람 몇이나 될까?

내 얘기를 하자면 나름 남부럽지 않게 살았던 것 같다.

중2, 남들 겪는 사춘기를 겪기 전에

부도라는 엄청난 걸 겪었더니

내 방문 쾅 닫고 내 방에 들어오지 마! 이런 건 생각도 못 하지.

있던 방도 사라져서 사람들 발 보이는 곳으로 갔으니…

돈 없는 사람이 사기도 안 당하듯

내 방이 없으니 사춘기도 없네.

가끔은 결핍이 좋기도 하구나…

서프라이즈를 너무 사랑하던 부친은

예고도 없이 부도라는 선물을 주고

각종 알바를 전전하고 결국 개그우먼이 되어 본업으로

나를 있는 힘껏 끌어올려 놓고

대구에 혼자 있는 엄마를 상경시켜

함께 하는 행복을 느끼고 있던 나에게

본인의 빚을 떠들썩하게 남겨 주셨다.

수년을 울었다.

사람 눈에서 눈물이 이렇게 계속 나올 수 있구나.

인체의 신비를 느꼈고

현저히 빠진 뱃살을 보며 아…

마음고생만 한 다이어트가 없구나를 느꼈다.

이러다 보니 피를 갈고 싶었고 성을 갈고 싶었다.

문서 서류 이런 거에 취약한 나라서 생각보다 성을 바꾸려면

뭐가 많이 복잡하기에 포기했지만…

우리 엄마는 보기와 달리 여리시고 동물, 식물 앞에선 감성적이시다.

산책 때 비둘기 밥까지 챙겨 나갈 정도이고

삐져나와 밟힐 거 같은 식물들 똑바로 세워 두고 가는

유독 자식들에게는 세상 이성적인 사람, 이성적이다 못해 차가운 사람.

가끔은 동물, 식물이 부러울 때가 있었다.

동생은 친가에 유일한 아들. 온갖 사랑을 다 받았고 세뱃돈도 월등히 많이 받았다.(내가 다 뺏았지만)

어릴 때 무속인이 기가 약하니 물과 관련된 운동을 시키라 하여 얼음이 녹으면 물이 되니 쇼트트랙을 시켰다.

엄마는 다른 엄마와 달리 선생님이 어련히 알아서 하시겠지 하며 한 번도 링크장에 가보지 않았고 선생님이 부탁하여 갔던 링크장.

동생은 2번째로 들어가면 2등으로 나오고

3번째로 들어가면 3등으로 나왔다.

절대 추월하지 않는 동생에게 답답한 엄마가 물었더니,

추월하지 않는 이유가 기가 막혔다

"마음이 아파서 추월을 못 하겠어요." 그걸 듣는 가족이 더 마음 아파.

그날 이후로 동생은 쇼트트랙을 때려쳤다.

순하고 삶의 열정, 애착심, 경쟁심, 이런 거 없는 나와 너무 다른 동생이다.

가끔은 가족도 요아정 토핑마냥 선택이 가능하면 어떨까.
아빠는 대대손손 부자. 거기에 능력이 있어 다른 형제들은 물려받지 못한
할아버지 회사를 물려받아 훨씬 더 회사를 키워 놓았고
가정적인 모습 조금 들어가면 좋겠고
엄마는 조금은 느린 말투에
그냥 말 한 마디 한 마디가 이쁘고
아티스트 감성을 조금 넣어 감성이 풍부한
본인보다 약간은 자녀 중심으로 사시는
동생은 유학파에 미국에서 카페사업이 성공해서
미국 일대 모르는 사람이 없는 성공한 사업가.

그럼… 현생이 K장녀인 내가 먹고 놀기 편할라나?

말에는 힘이 있다.

말에는 힘이 있다?는 말부터 제대로 하자.

말에 힘이 있는 게 아니라 힘 있는 사람이 하는 말이 힘이 있는 거 아닐까?

어릴 때 생각해 보자. 우리 집에선 아빠보다 엄마가 더 힘이 강했다.

그건 어린 나와 동생이

응애응애 태어나 대충 영유기가 되면서

집안의 분위기로 파악이 되었던 것 같다.

그래서 엄마가 무서웠고 엄마가 하는 말은 법 같았다.

아니 어찌 보면 법 위에 있는 것 같았다.

상대적으로 아빠가 하는 모든 말은 믿기 힘들었다.

"아빠, 사탕 먹어도 돼요?"

"먹어. 아빠가 다 책임질게. 먹어."

결국 엄마가 알게 되었고 아빠는 책임지지 않았다.

우리와 같이 혼나는 아빠를 보면서

음… 아빠가 뭔 말을 하더라도 씨알도 먹히지 않았다.

"아빠랑 공원에 줄넘기 하러 갈까?"

"엄마한테 물어보고 엄마~ 아빠가 줄넘기 하러 가자는데 가도 되나?"

이렇게 힘 있는 사람이 하는 말이 힘이 있는 건 어릴 때 이미 입증되었다.

말에 힘을 갖고 싶은 사람들이여~

내 힘을 키워 보자. 내 위치를 키워 보자.

말이 뭐냐, 내쉬는 숨초자 힘이 느껴질 거다.

나도 참 할 말 많거든…

아직 아닌 거 같아…

괜찮아,
그럴 수 있어

남편과 나는 10살 차이다. 당연히 내가 위로~
10년 차가 나다 보니 다른 게 많다.

단순히 노래 제목 다르게 아는 거 외에
성격이 너무나 다르다. 나는 산전수전에 공중전을 겪으면서
사람들을 웃게 하는 게 직업이지만 정작 나는 어둡고 부정적
이다.
반면 남편은 밝고 밝고 내일 더 밝고 본인 생일에 제일 밝다.
한번은 결혼을 앞두고 물어봤다. 나의 어디가 가장 좋아서 결
혼을 결심했는지?
이상형? 재밌다? 귀엽다? 말이 잘 통한다? 보통 기본적인 질
문이었다면 지금 이렇게 글로 쓰고 있을까?
어두워서 좋았다 한다. 어두워서 첨엔 피부톤을 애기하는 줄
알고 여름이라 타서 그래 했는데,

"웃고 있어도 웃는 거 같지 않아서 밝게 해주고 싶다고~"라고
했다.

그리고 남편은 그 말을 지켰다.

내가 연애하면서 가장 많이 들은 말이 "괜찮아, 그럴 수 있어."

나는 정말 하나도 괜찮은 게 없던 사람이었는데 날씨조차 내
탓을 했던 사람인데…

남편의 "괜찮아, 그럴 수 있어." 긍정의 가스라이팅은

그래, 그럴수 있지. 다음부터 안 그래야지! 하는 마음으로 가
득 채우며 나를 조금씩 밝게 만들어 줬다.

근데…. 이것도 하루 이틀이지 4년째 들으면 은근히 열받는
다.

아니, 내가 안 괜찮다는데 왜 자꾸 괜찮다는거야!

코로나 걸려 아파 누워 있는데 "괜찮아, 그럴 수 있어."

문지방에 가장 약하디약한 네 번째 발가락을 찧어서 소리도
못 내고 서 있는데

"괜찮아, 그럴 수 있어."

설거지하다 아끼던 비싼 컵을 깼는데 "괜찮아, 그럴 수 있어."

이 모든 게 괜찮지 않다.

결혼 4년 차에 접어드는 지금…

나는 남편이 괜찮지 않은 걸 찾는 중이다.

반드시 찾아 평생의 약점으로 잡고 있으리…

남편 괜찮아~ 그럴 수 있어~
나 괜찮아? 그럴 수 있어?!

이 글을 읽고 있는 독자분들.
절대로 괜찮지 않은 게 뭐예요?

다시
태어난다면

수영을 너무너무 잘하고 싶고

턱걸이를 전교에서 제일 오래 하는 사람으로 태어나고 싶고

피구할 때 공을 큰 움직임 없이 요리조리 잘 피해서 제일 마지막에 남는 사람이 되고 싶고

스키도 잘 타고 싶고 여튼 운동신경이 좀 좋았으면 좋겠고

많이 먹어도 기초대사량이 남달라 숨만 쉬어도 살이 빠졌으면 좋겠고

비만 유전자가 따로 있다는데 나는 그거 없이 태어났음 좋겠고

대충 뚝딱뚝딱 만들어도 상대방이 놀랄 정도로 음식을 잘했으면 좋겠고

목티 입어도 턱 끝이 쓸리지 않게 목이 조금은 길었으면 좋겠고

등에 날개뼈가 유독 곧 날아갈 것처럼 티나게 존재했으면

좋겠고

파마 한 번 하면 웬만큼 쥐어뜯기지 않는 한 잘 안 풀리는 두꺼운 모발이었음 좋겠고

키가 지금보다 10센치만 더 컸으면 좋겠고

플랫슈즈 신으면 발볼 부분 망치처럼 튀어나오지 않게 발볼이 좁은 칼발이었음 좋겠고

계절 바뀔 때마다 난리 나는 비염이 없었으면 좋겠고

쟤네 학교는 언덕 위가 아니었나 보다 할 정도로 종아리에 큰 감자 두 개 없이 매끈한 다리였음 좋겠고

남자들한테 인기가 많아서 족보에 있는 일가 친척들한테까지 나눠 줄 정도로 화이트데이 때 사탕을 많이 받아 봤음 좋겠고

일어, 영어를 유창하게 잘해서 어디를 가도 눈탱이 안 맞았음 좋겠고

부모님이 물려주실 돈이 많아 남동생과 다퉈 봤으면 좋겠고

로또 1등 해서 수령하러 가고 싶다.

위에 거 다 못 하고 못 갖추더라도

지금에 나로 다시 태어나도 좋다!

엄마의 잔소리는 숨이다

잔소리는 정말 스트레스다.

수십 년을 들어왔기에 귀에 굳은살이 박일 만도 한데

엄마의 잔소리가 시작되면

아직도 신생아 귀처럼 작디작은 뉘앙스까지도 다 들려

뾰족하게 심장까지 파고들 때가 있다.

그래서 내가 맘을 바꿔 먹기로 했다.

잔소리를 엄마의 숨이라고 생각하기로 했다.

숨은 계속 쉬어야 되지 않나~

쉬었던 숨, 또 쉬고 또 쉬고 무한반복 해야 살 수 있듯

엄마의 잔소리도 반복해야 되는 게 맞다.

누군가가 숨 쉬는 거 귀담아 듣나?

귀담아 들으면 그건 변태가 분명하다.

그러니 그 숨(잔소리)을 공기 중에 흘려보내자.

그래야 잔소리 무한반복 하는 엄마도 장수하고
무심하게 듣는 우리도 장수하지 않을까?

한편으로 이런 생각도 해본다.
그래도 잔소리를 할 에너지가 있는 엄마라 다행이다.
잔소리할 거리를 찾아 토시 하나 안 틀리고 반복하는 기억력
좋은 엄마라 다행이다.

정말 나중에 나중에는 말이야… 엄마의 잔소리가 듣고 싶어도
정말 내 귀에 때려 박는 반복되는 후렴 같은
엄마 잔소리가 듣고 싶어도
못 들을 날이 올 거잖아…
그러니 그냥 듣자.

모성애
찾기

잃어버린 모성애를 찾습니다.

딸아, 엄마야!

늦은 나이라 임신은 아예 생각도 못 하고 있었던 엄마한테

어떤 강한 올챙이 한 마리의 의지로

임신이란 축복이 찾아오고

다행히 입덧 하나 없이 임신이 체질인가?라는 착각과 함께 너를 품었단다.

너는 2022년 9월 8일 오전 9시 57분 3.49kg으로 세상 밖으로 나왔어.

겁많은 엄마는 척추 마취 후 숨 쉬는 법을 잊어 나 죽는다고 난리난리 치다 결국 통으로 재운

선생님의 지혜로 출산의 신비를 느끼지 못한 채 회복실에서 너를 봤단다.

우리 딸을 보자마자 엄마 두 눈엔 눈물이 흘렀어. 기쁨의 눈물이냐고? 아니.

니 얼굴이… 완전 시아버지였거든.

내가 유기농 먹고 디카페인 마시고 낳은 게 시아버지라니!

너랑 나는 바로 헤어졌다. 너는 신생아실, 엄마는 입원실.

미안하지만 니 생각이 전혀 나지 않을 만큼 엄마 몸이 아팠어.

며칠 동안, 아! 이래서 한 살이라도 어릴 때 출산을 하라는 거구나…

제왕자국 깊숙이 느꼈어.

그래도 엄마 친구들이 아이 얼굴 보면

아픈 게 싹 낫는다 하길래

엄마 배를 꾹꾹 눌러 주던 모래주머니를 걷어 내고

조금씩 조금씩 걸어 너를 보러 갔지.

그때 태어났던 너의 신생아실 동기들 모두 눈을 뜨고 응애응애 하고 있더구나.

너 역시 눈을 뜨고 응애응애 하는데 눈까지 뜨니 더욱더 시아버지였어!

엄마 귀에 너의 응애가 아가야로 들리더라!

아픈 게 낫기는커녕 제왕자국 더 아프던데!

10분이란 시간이 흘러 블라인드가 촤~악 내려가더라.

엄마는 뒤도 돌아보지 않고 다시 입원실로 왔어.

시간이 약이라고 회복이 되더라. 그때부터 더 큰 고통인 젖몸

살이 오더라.

수박 두 덩어리가 가슴에 달려 있는 듯했어.

조리원 원장님이 오시더니 모유 수유 하게 어느 곳으로 오라 하더라.

그곳은 핑크색 벽지였고 클래식이 흘러나오고

언제부터 틀었는지 가습기로 인해

무슨 저승길보다 더 뿌옇더라고.

수박 한 덩이를 꺼내 놓고 너를 기다렸어.

하얀 천에 쌓여 입장한 건 여전히 시아버지였다….

도저히 몰입도 안 되고 결국 엄마는 분유를 선택했어.

그도 그럴 것이 엄마의 모유가 너무 안 나왔거든.

시아버지 아니 니가 먹을 게 없으니 짜증을 많이 내더라고.

그렇게 엄마는 모유를 포기하고

아메리카노 투샷 때리려던 찰나,

원장님이 무슨 기계를 가지고 오셨어.

이름하야, '유축기'.

소리가 얼마나 크던지 엄마가 유축기 쓰는 거 온 동네가 다 알겠더라.

소리가 무색하게 한 방울 뽁 나오더니 벽만 타고 끝. 또 한 방울 뽁 나오더니 벽 타고 끝.

결국 밑에 깔린 모유가 없는, 벽에만 묻어 있는 젖병을 들고 있는데 원장님이 그걸 가져오면 분유랑 섞어 주신데. 무슨 바리스타인 줄 알았지 뭐야.

그걸 가지고 냉장고 문을 여는데, 와…. 엄마 자존감 바닥 쳤다.

702호 4통, 703호 2통, 엄마는 무통!

순간 '702호 매 끼니마다 4통씩 뽑던데… 하나 훔칠까' 생각했어…

너를 낳고 한참 동안 없었던 모성애를 급기야 젖병을 넣어 두는 냉장고 앞에서 찾았다.

걱정 마. 훔치지 않았다. 생각해 봐라. 모유 훔쳐 뉴스에 나면 누가 모성애로 보겠니? 생돌아이로 보지.

이성적으로 꾹꾹 눌렀다.

그래도 딸아,

너는 분유 먹고 잘만 자라 줬고 지금은 시아버지는 없고 마치 내가 배만 빌려 준 듯

너의 아빠를 100프로 빼닮았단다.

아이들 얼굴은 수없이 변한다는데, 글쎄… 엄마로 변한다 한들 뭐 크게 나아지지 못해. 미안해.

세상에서 제일 사랑해. 우리 딸~

독립책방의
매력

나는 지금 시대와 맞지 않을 정도로 엄청난 기계치다.

모든 기계는 내 손에 들어오면

주어진 수명보다 일찍 마감한다.

그러다 보니 컴퓨터보다는 노트와 펜이 좋고 펜보다는 깎아서

쓰는 연필이 더 좋다.

연필이 좋은 이유는 쓸 때마다

"서걱서걱" 하는 소리가 고요한 공기를 채워 주니까

적막한 게 가장 싫은 나한테는 딱이지.

키보드 칠 때 딱딱 소리는 연필 소리에 견줄 수 없지.

나는 서점도 좋아한다.

서점 냄새, 서점 공기, 빼곡히 꽂혀 있는 책을 보면

굳이 펼쳐 보지 않아도

그 공간에 내가 있다는 것만으로 괜히 걸음이 느려지고

베스트셀러 코너를 지나며 책을 손끝으로 스윽 만져 보면 그

냥 교양이 마구마구 생기는 것 같은 느낌?

결국 그 과정을 거쳐 잡지책 앞으로 가기도 하지만~

결국 가는 곳이 정해져 있는 터라

넓디넓은 서점은 나랑 잘 안 맞다.

메이저 서점들보다 나는 독립책방, 독립서점을 좋아한다.

한눈에 모든 것이 담기는

그래서 구석구석 꽂혀 있는 책들조차 한 번씩 뽑아 보게 되는

서점에 인테리어 정리된 책들을 보면

서점 주인의 성향이 묻어 난다.

그래서 지방을 종종 가게 될 때는 항상 그 지역에 독립책방들
을 다녀 본다.

그러면서 나한테 맞는 내 성향에 맞는 책방을 찾는다.

유독 가장 좋아하는 독립책방은 제주도 구좌읍에

'소심한 책방'.

제주도 가면 종종 들렀다.

여기서 산 책은 빠짐없이 읽는 편이다.

(그림 위주 혹은 아주 얇은 책을 여러 권 사다 보니~)

첨엔 아주 작은 책방이었는데 지금은 넓은 곳으로 이전했다.

제주도 갈 때마다 갔던 곳이다. 유독 너무 편했다.

책방 주인분이 가장 끝 구석 방 쪽에 계신 터라 손님들은 둘러
보고만 나와도 부담스럽지 않던 곳.

누가 왔다 갔는지도 모를 정도로 조용히 끝방 쪽에서 책을 읽
거나 뭔가를 포장하시던 사장님.
나름 낯을 가리는 나한테는 너무나 취저인 곳이었다.

첨엔 혼자 갔다가 세월이 흘러 남편과 둘, 세월이 더 흘러 최
근엔 딸까지 셋이 갔었다.
정말 그냥 가만히 눈뜨고만 있어도
눈물이 흐르던 너무 힘든 시기에
두 눈 뜨겁게 책방을 갔던 어느 날이 생각난다.
생을 마감하려던 나였는데
마지막 제주도라 생각했던 때였는데…
이것도 읽어 보라며 무심히 두 권 정도 더 넣어 주신 책…
그냥 따뜻했다. 그게 그렇게 따뜻했고
집에 돌아가서 그 책을 읽어야겠다는 생각이 들었다.
그러면서 다시 내가 나를 잡았다.
최근 남편과 딸이랑 함께 갔을 때, 기분이 묘했다.
살아서 뭐 하나 했던 내가 살아 있으니, 이런 날이 오네 했다.
날이 좀 따뜻해지면 또 가야겠다. '소심한 책방'으로.

리액션은 상대방에게 돈 한 푼 안 들이고
할 수 있는 가장 큰 선물이다.

우리 남편은 우리? 좀 이상한데 내 남편도 좀 이상하고…
현 남편은 리액션이 100점도 부족한 사람이다.
나는 리액션과 웃음을 먹고사는 사람이다 보니 나한테는 결혼
상대로 이만한 사람이 없지.
현 남편은
어릴때부터 운동만 해와서 그런지 세상물정을 잘 모르고
수감생활 하다 나온 사람도 아닌데 그저 모든 것이 고맙고 행
복하고 좋은 사람이다.
나랑은 아예 반대 성향이다.
10살 어린 남친에 사회 초년생이다 보니 연애 때 돈을 내가
거의 썼던 것 같다.

나도 상황이 여유롭지 않았던 터라 첨부터

고급식당 데려가면 때 탈 것 같다는 생각에

첫 데이트를 김밥천국에서 했다.

일반 김밥 시켜 놓고 우동 국물은 공짜니 리필해 먹자 했다.

김밥 한 알을 입에 넣더니

"우아! 난 이런 김밥은 태어나서 첨이야!"

난 돌이라도 씹은 줄 알았다. 뒷말이 더 가관이었다.

"나 아까워서 똥 안 쌀 거야."

이런 리액션에 내가 어찌 김밥만 먹일 수 있나?

바로 돈가스, 쫄면을 추가했다.

"이 은혜는 절대 잊지 않을게~."

한번은 아웃백을 갔다.

나랑 아웃백 다녀오는 사람은 결혼이다~

식전에 나오는 부신맨빵(식전빵)을 가리키며 내가 말했다.

"이 빵은 계속 공짜니까, 마음껏 먹어."

갑자기 먹던 빵을 놓던 남편이 아니 구남친이,

"어! 빵 공짜야? 그럼 우리 엄마 좀 갖다줘도 되나?"

그렇다. 이 사람은 리액션도 넘치고 효심도 넘치는 거다.

어찌 예비 시어머니께 마른 빵만 보내나.

바로 폭립 하나 포장했다.

위에 사례들을 봐봐라. 리액션은 상대방을 기분 좋게 하고 상
대방의 지갑을 수시로 열게끔 한다.

우리 연애할 때 생각해 봐라. 남친이 꽃을 사오면 알레르기 있어도 지르텍을 털어 넣으면서 "감동이야~." 꽃병에 꽂아 두고 사진 찍어 꽃말의 의미가 뭘까 써서 업로드하고 난리난리.

결혼 후 남편이 꽃을 사오든, 주워 오든 하면 뭐라고 하나~

"이거 얼마 줬어? 왜 이런 걸 돈 주고 사와! 시들면 버리는데! 다신 사오지 마."

그럼 남편들, 이때 말 정말 잘 듣는다. 절대 안 사온다.

그럼 우리는 남이 주는 꽃은 언제 받을 수 있다?

죽어서 국화꽃을 받을 수 있는 거다.

우리 부모님들도 자녀들이 외식시켜 주면, 항상 하시는 말씀.

"이거 얼마냐?" 왜 묻지? 더치페이 하자고 할까 봐 물으시나?

얼마라고 대충 얘기하면

"아이고 이 돈이면 나는 삼 일 동안 세 끼씩 해먹는다."

그럼 평생 남이 해주는 음식 못 드시고 만들어 드셔야 된다.

"너무 맛있다. 나 오늘 똥 안 쌀란다~."

자녀들이 외식할 때마다 생각나서 모셔 가지 않겠나.

리액션이야말로

상대방에게 돈 한 푼 안 들이고 할 수 있는 가장 큰 선물이다.

더불어 상대방이 돈을 쓰게끔도 할 수 있는

대단한 스킬이기도 하다.

그래도 건강을 위해 똥은 잘 싸자.

건강이 최고
돈은 최최고

다 필요 없고 건강이 최고라고?

많은 것을 가진 사람들의 생각 아닐까?

돈이 뭐가 중요해? 건강이 중요하지.

병원에 누워 결국 그 가진 걸 써보지 못한다면

돈이 무슨 의미야.

전세기를 가지고 있지만 그걸 타고 어디 갈 수 없는데

무슨 의미야.

돈이 아무리 많아 봤자 결국 건강을 잃으면

좋은 병원 좋은 병실에 눕는 거밖에 더 하겠어?

돈이 항상 부족한 내 입장에선 돈이 건강 위다.

돈만 있음,

어차피 나이 들면 아플 몸 좋은 영양제 좋은 거 먹으면서

병원 갈 날을 최대한 늦출 수 있을 것 같고

병원에 가서도 가장 좋은 침실에서 최대한 스트레스 덜 받고 내 집 같이 편안하게 케어를 받을 테니 말이다.

나는 목구멍이 좁디좁아
오메가3, 비티민 등등 존재감이 워낙 커
목에 한 번씩 걸려 불쾌하게 만드는 영양제들을 먹지 않았다.
그 불쾌함으로 스트레스 받느니
안 먹는 게 건강하겠다 싶어 먹지 않았다.

그런데 아이가 생기고 나서 생각이 바뀌었다.
체력이 예전 같지 않음은 분명하고
가장 크게 정신을 차린 건
10살 연하인 남편이 아침햇살을 받으며
창가에서 딸을 들어 올렸다 내렸다를 반복.
아이의 깔깔깔 웃는 모습이
모든 염증을 품고 부은 몸과 얼굴을 간신히 일으켜 나온
나의 눈에 슬로우로 보여질 때 그때였다!
오래 살고 싶다! 저 부녀의 그림에, 나도 오래 함께 하고 싶다!
불혹하고도 한 살 더 먹은 그때부터 목에 걸리던 목구멍이 찢어지든 간에 영양제를 밀어 넣기 시작했다.
엄청 비싼 영양제를!

그래서 나는 열심히 돈을 벌어야 한다.

하루에 두 번 먹어야 하는 한달치를 하루 한 번씩 먹어 두 달 동안 먹는 궁상을 떨지 않기 위해.

그러니 돈이 있어야 건강도 지킬 수 있는 거다.

결론은 건강이 최고가 아니라 돈이 최최최최최고!!!!!

나는 엄마도 아빠도 직업이라 생각한다.

다만 이 직업은 4대 보험 안 되고 야간수당 없고 열심히 해도
알아주는 사람 하나 없다.

상사도 후배도 없고

당연히 승진도 없고 퇴직도 없다.

그럼에도 불구하고 너무나 사랑스럽게 잘 자라 주는 아이가
가장 큰 업적 아닐까?

나는 코미디언, 아내, 엄마 이렇게 쓰리잡을 뛰는 중이다.

이 중 가장 힘든 직업이 엄마인 것 같다.

애쓴다고 써도 미안하기도 하고

또 뜻대로 안 되면 속도 상하고.

그래도 나는 세 가지 직업 중에 엄마라는 직업이

가장 마음에 든다.

요즘도 자고 있는 아이를 보면서 다시금 실감한다.
내가 엄마라니? 내가 엄마라니??

다른 건 몰라도 보너스는 좀 있었으면 좋겠는데~

가장 힘든
적당히

살면서 가장 힘든 게 뭔지 알아?

적.당.히.

적당히란 말. 그 어떤 명확한 기준도 없고 답도 없는 적당히.

숫자 1, 2, 3 중에 중간에 있는 2가 적당한 건지. 1등도 아닌 2등도 아닌 3등이 그러니까 3이 적당하다는 건지…

사실 뭐가 되었든 100 이상을 쓰려는 나는

이 적당히가 가장 힘들다.

노는 것도 진짜 열심히

일도 진짜 열심히

먹는 것도 적당히가 어딨어~

평점 리뷰 그것도 별점 낮은 순을 보며

추리고 또 추려서 결정한다.

친구의 고민상담도 내 마음 100을 쓰며 들어주고 답해 주고.

그저 적당히란 말은 중간에 슥 묻어 가려는 한마디로 그냥 대충이란 뜻과 같다 생각했다.

40이 넘어가는 지금 알았다.

적당히 하지 않으면 완주를 못 할 수도 있다는 걸

아무도 태클을 걸지 않았음에도

중간에 무너지거나 지칠 수 있다는 걸

그리고 정말 적당히 하는 사람에게는

이런 말도 하지 않는다는 걸

정말 앞만 보고 뛰는

정말 과한 최선으로 연소될 것만 같은 사람들에

적당히란 말을 하는 것 같다.

감정도 적당히 그래야 받는 상처가 적을 것이고

농담도 적당히 그래야 주는 상처가 적을 것이고

일도 적당히 그래야 오래 할 수 있을 것이고

(절대 대충과 나태랑은 다른 적당히)

노는 것도 적당히 그래야 다시 원래 생활에 빨리 젖을 것이고

고민도 적당히 그래야 실행이 빠를 것이고

잡생각도 적당히 그래야 잠에 들 것이고

친구관계도 적당히 그래야 나를 잃지 않을 것이고

뭐든 적당히…

그런데 적당히 하면 안 되는 것은 사랑인 거 같다.

사랑은 가능하면 진하게 스며들게 열정적으로

지금 사랑이 마지막 사랑인 것처럼…
결혼 4년 차인 나 이제 사랑보다
적당한 우정으로 가는 길 입구에 서 있네~

내가 가장 싫어하는 적당히는….
원두를 물에 씻은 듯한 적당한 커피….

나는 정말 귀신보다 무섭고 두려운 게 곤충이다.

익충이든 해충이든 간에 싫다.

그냥 너무 무섭고 징그럽고 싫다.

조기교육이 중요하다고

어릴 때 '챔프' 같은 두꺼운 만화책을 보면

단편만화, 장편만화들이 회차를 나눠서 연재되어 있었다.

거기서 무슨 공포 특급인가 뭔가… 여튼 거기서

사람 콧구멍과 귓구멍에 거미가 들어가 새끼를 쳐서

사람 전체를 거미줄로 휘감아 버렸던 만화.

거기서부터다.

잘 때 코 위까지 이불을 덮고 자는 게 지금도 마찬가지고…

모기도 못 잡는다면 말 다했지.

손바닥을 내리치기니 마주쳐서 잡으면 되는데

뭔가 손바닥에 박일 것 같아 항상 놓쳤다. 아니 놓아 줬다는 게 빠르다.
파리의 윙윙거림은
겨울 칼바람 같은 소리라 존재 자체가 무섭고
놓치면 두 배로 달려들까 더 무섭다.
그러다 보니 행여나 거실로 들어온 어떤 곤충이 있으면
방으로 숨어 들어가거나
컵으로 엎어 놓고 남편이 오길 기다린다.
결국 남편이 곤충이라 불리는 모든 벌레를 해결하는
세스코다.

그런데 다른 어떤 벌레보다 가장 두렵지만 내칠 수 없는 벌레
가 있다.
다리가 정말 많고 길이에 비해 속도도 빠른… 일명 돈벌레.
진짜 저렇게 급커브 돌다 허리 끊기지 싶어도…
고양이만큼 유연한 돈벌레.
정말 그 모양새가 너무 흉측해서, 발 뒀다 뭐 하냐,
우리 집에서 알아서 나가 줬으면 좋겠는데…
그게 또 돈벌레.
이름답게 집에 돈벌레가 있음 돈을 가져다준다며…
내치자니 돈 생각이 나고 같이 살자니 선 넘고
안방까지 내달라고 할까 봐 등골이 오싹하고 그런데…

바퀴벌레뿐만아니라 다른 해충을

돈벌레가 잡아먹어 준다 한들…

돈벌레는 벌레 아니냐고…

외모로 판단하면 안 되는데 오늘 나 너 봤다…

일단 아직도 같이 살지 말지 고민중이야…

생일이 뭔데?

생일 내가 태어난 날. 다른 의미로 엄마가 출산한 날.
매년 엄마의 출산 날을 기념해 내가 받은 케이크,
내가 불었던 초만 수십 개.
12시 딱 되어 도착하는 카톡들은 그다음 날까지 계속되고
회원가입을 한 각종 사이트에서 오는
축하 문자와 할인쿠폰으로 가득 찬 휴대폰.
기프티콘으로 받은 선물들이 하나둘 배송 와서
택배 상자가 쌓이는 문 앞.

일 년에 한 번씩은 꼭 돌아오는 생일.
특별하게 보내지 않으면 우울하고
뭐라도 하지 않으면 더 우울하고

일이라도 하고 있음 허무하고,
평소에도 잘 먹는데
뭐 더 대단한 걸 먹어야만 할 것 같은 그날.

언제부턴가 나는 한 달에 한 번 마법에 걸린
마법주처럼 생일을 흘려보낸다.
어차피 또 올 거니까.
단, 세상 나온 지 2년 차 지나는 딸의 생일에 집중한다.
왜? 내 출산날이니까!
내 생일엔 엄마의 출산을 기념하며 용돈을 드리는 날로~

강아지를 키우기 시작한 게…

부친이 카센터를 할 때였던 것 같다. 손님 차를 다 고쳐 드렸는데 돈 대신 강아지를 받아 왔던 그날부터였다. 키우던 강아지를 준 그 손님도 그걸 받아 온 우리 부친도 지금 생각하면 뉴스에 날 일이지.

그때는 지금보다 견격이 더 존중받지 못할 때였던것 같다.

이름은 '코코', 암컷 말티즈.

엄마는 한동안 코코를 쳐다보지도 않으셨다. 돈 대신 받아 왔으니 그럴 만도.

그런데 코코는

무던하게 우리 집에서 자기 위치를 찾아가고 있었고

급기야 "코코 반만 닮아 봐"라는

비교까지 들으며 살게 되었던 것 같다.

코코 서열이 자식 위가 되어 버렸다.

코코는 옆 교회 강아지와 정분이 났고 세상 겁 많고 어리석고
맑은 성격인 '똘똘이' 외동아들을 출산했다.

가세가 기울어 엄마도 일을 다녀야 했을 때
빈집에 코코, 똘똘이만 있었다. 똘똘인 겁이 많아 밤새 늑대 소
리를 냈고 주인집 항의에 시골 외할머니 댁으로 가게 되었다.

그렇게 곱디고운 성격의 모자의 소식은 외할머니를 통해서만
들었다.

둘이 무지개 다리를 건넜다는 이야기도…

오랫동안 둘은 잊혀지지 않아 온 가족이 지금도 둘 얘기만 하
면 눈물이 난다.

너무 마음 아픈 이별이라 더 이상 둘 외에 강아지는 없다
결심할 때쯤

친척언니의 결혼으로 심장수술을 한 '위티'라는 슈나우져가
우리 품 아니 엄마 품으로 왔다.

내가 코미디언이 되겠다고 서울로 상경했을 때
텅 빈집 엄마 옆을 뜨끈하게 지켜 주던 위티.

엄마 친구가 오면 안방을 스윽 비켜 주던 의젓한 위티.

위티는

중국 사촌언니네서 영해 외할머니 집을 거쳐 대구 엄마집
그리고 서울 상경까지 함께 했다.

남동생 여친이 유학 가며 맡기고 갔던
깜장 슈나우져 '까미'와 함께 그렇게 둘은

상가주택 투룸을 거쳐 지금에 집까지 나와 우리 집 성장 과정을 함께 밟았다.

그 둘도 최근 하늘로 갔다.

위티는 마지막까지 병원 한 번 가지 않고 자면서 편하게 무지개 다리로 갔다.

그리고 내가 가장 사랑하는 '동글이'. 말은 요크셔테리언데 부정교합에 찐 요크는 아닌 정말 상당히 매력 있는 도도한 나르시즘 가득 찬 강아지였다.

봉사 단체방에 올라온 사진이 너무 마음이 아팠다.

모든 걸 포기한 초점 없는 눈동자.

듣기론 엄마 허락 없이 데려온 강아지를 그 엄마가 딸 학교 갈 때 그냥 유기했다 한다.

그렇게 거리를 떠돌던 동글이는 보호소에 오게 되었다고.

딸이 보호소에 있는 동글이를 확인하고 데리러 갔을 때 동글인 너무 기뻐했다고 한다.

그런데 그 강아지가 아니라며, 엄마가 딸의 팔을 끌고 집으로 갔고 그날 이후 식음을 전폐하고 봤던 사진 속 초점 잃은 눈으로 지냈던 것이다.

강릉에 있었던 아이라 서울에 계시던 수의사님이 데려와 병원에 데리고 있었고 나는 일을 마치고 후다닥 갔다.

보통 성격 아니라며 데리고 갈 수 있겠냐 하셨는데. 웬걸 나한테 바로 잘 안기는 거다.

사는 법을 정확히 아는 앤데? 심지어 차를 타고 오는데 어디로 가는지도 모르는데 눈은 정면을 응시한 채 네발로 서서 흔들리는 차에 몸을 맡기더라.

얼마나 유기견 스럽지 않고 당당하던지

오는 내내 감탄했던 것 같다.

오자마자 위티,

까미를 훑어보더니 그들 이불에 대자로 누워 버리고

오히려 까미가 밖으로 삐져나와 있었다.

식구들이 거실에서 고기를 구워 먹어도 본인 피곤하면 방에서 늘어지게 자느라 안 나오고 몇 번 만져도 본인 싫으면 피해 버리고 사랑을 갈구하지도 않는 독립적인 동글이 이런 동글이가 눈부터 보이지 않더니 급기야 귀도 들리지 않게 되었다.

그렇게 나이가 들어가며 당당하던 동글이가 약해져 가는 걸 보니 마음이 너무 아프다.

그리고 마음의 준비도 해야겠다는 생각이 드는 요즘 엄마의 전화가 항상 불안하다.

다음은 '깜장이'. 코가 납작 눌린 장모 치와와. 개그맨 선배가 키우려다 강아지가 많은 우리 집이 행복할 거 같다며, 키우겠냐 해서 바로 데려왔다.

손바닥만 한 작은 아이 걸어 다니면 코 "쿵쿵" 소리가 나고 검은 털도 우수수 빠졌던 친구.

코도 웬만한 성인 남자 만큼 골아서 잠을 설치기도 하지만 세상 매력적인 엄마가 가장 애정하는 댕댕이다.

다음 친구는 유기견 봉사를 갔다가 만났던 세상 동안 '보리'.

작고 작았던 눈이 상당히 컸던 보리는 파주 유기견 캠페인 때 속된 말로 얼굴 마담으로 나왔다.

현장에서도 입양이 가능했기에

이 친구는 바로 입양되겠는데요, 하고 들어 올리고 알았다.

할머니네~

나이가 들 만큼 들었고 이 친구가 앞으로 캠페인마다 나올 생각을 하니 마음이 쓰였다.

이 친구의 남은 날은 행복하게 해주고 싶다는 생각에 바로 데려왔다.

너무 늦게 데려와서 함께 할 시간이 얼마 없겠다 했는데

까랑까랑한 할머니처럼 여기서 다투면 가서 왕왕 짖고

저기서 누가 물이라도 엎으면 왕왕 짖어 일러바치고

동네 보완관처럼 쏘다니기 바빴고 생각 이상으로 오래오래 살다 사고로 무지개 다리를 건넜다.

그리고 '콩'이 엄마가 유일하게 데려온 아이.

상자 안에 약간의 사료와 함께 다리 밑에 버려진 아이다.

집에선 정말 원 없이 뛰어다니고 날아다니는데 밖에만 나가면 굳어서 한 발도 움직이지 않는 콩이 애견카페를 데려가도 어디를 가도 그 자리에서 악취를 풍겨 대며 꼼짝도 안 하는 콩이 '세상에 나쁜 개는 없다'에 출연해 밖을 걷는 데 성공했으나

다시 콩이는 집 안을 택했다.

지금도 집이 세상에 전부인 줄 안다.

마지막으로 '황금이'.

SNS에 이쁜 옷 입고 입양 갔는데 시골 잡종이라 다시 버려졌다는 기사를 접했다.

그렇게 멀리 차를 타고 가서 임시 보호중인

황금이를 데려오게 되었다.

이렇게 어릴 때부터 키워 본 강아지가 첨이라

원래 강아지가 이랬었나, 싶을 정도로

벽지도 뜯고 충전기 줄은 매일 끊어지고 요절복통 난리도 이런 난리가 없었다.

이유는 모르겠으나 겁이 너무 많다. 지금도 많다.

그래서 집에 새로운 뭔가를 사서 두지를 못한다.

그걸 피해 다닌다.

바람 불어 커튼이 휘날리는 것도 무서워 꼼짝을 못 하는

황금이가

우리 집 최연소 댕댕이다.

현재 모두 엄마가 케어하고 있다.

이제 콩이, 깜장이, 동글이, 황금이 넷 남아 있다.

보낸다는 것에 있어서 익숙해진 행동이 쓸쓸해질 때가 있고

행동과 달리 마음은 항상 같은 강도로 가슴속이 따가울 정도로 미어진다.

무지개 다리를 건넌 반려동물들은
신나게 놀고 먹고 행복하게 살다가
주인이 하늘로 올 때 모두 마중을 나온다고 한다.
누군가 마중을 나온다는 거 생각만 해도 든든하지 않나?

하늘에 있는 코코, 똘똘이, 가을이 (가을인 코코 새끼 중 하나),
위티, 보리, 까미.
최선을 다했지만 부족했을 수도 있어. 그래도 마음만큼은 온
마음 다했다.

우리 나중에 만나~
흩어지지 말고 모여 있어!

전국
자기자랑

자랑하면 안 되는 거. 돈 자랑, 학벌 자랑, 자식 자랑….

아니 그냥 그 어떤 자랑도 안 해야 된다.

물론 남이 내 자랑을 해줄 일이 극히 드물기에 입이 간질간질

하겠지만…

자랑하지 않아도 돈이 많이 있는 사람은 드러날 것이고

(요즘은 오히려 조용한 부자가 많지만)

학벌 역시 자랑하지 않아도 대화 몇 번 해보면 드러날 것이고

(물론 학벌 상관없이 품격이 S급인 사람도 있지만)

자식 자랑하지 않아도

자식 됨됨이나 자식이 현재 하고 있는 일을 보면 잘 키웠다,

잘 자랐네 알 것이며

남편 자랑, 아내 자랑 하지 않아도

상대 배우자 표정만 봐도 사랑하며 무탈하게 잘 사는구나,

알 수 있다.

그러니 입을 닫자. 겸손까진 바라지 않지만 정말 입을 닫자.

정말 궁금해서 묻는 건데

자랑하는 사람들은 마치 입냄새처럼 스스로들은

정말 모르는 걸까?

아님 자랑할 만하지 않기에 인정받고 싶은 마음인 걸까?

아님 자랑할 게 그거 하나라

단지 그거 하나라 돋보이고 싶은 걸까?

자랑은 대놓고 멍석을 깔아 줬던 학창시절 장기자랑에 끝냈어야 하는 게 맞다.

그래서 말인데 장기자랑을 좀 자랑해 볼게. 장기자랑 하면 단한 번도 빠지지 않았던 나.

고2 때 여고였는데…

축제 때 장기자랑은 한 번도 놓친 적이 없었다.

우리 학교 아닌 다른 학교 친구들도 와서 보는 나름 큰 무대아닌가?

그해 박지윤 '성인식'이 전국을 들썩였던 때 나도 들썩였기에내가 안 하고 넘어갈 수 없지.

친구들이 옆이 쭉 찢어진 치마를 만들어 주고

입술은 립글로즈 반 통 아끼지 않고

손가락 찔리며 피날 정도로 스프레이 한 통 다 써가며

머리카락을 세우고 립글로즈 반 통.

입술 움직일 때마다 뚝뚝 떨어질 정도로 꽉꽉 발라
그 시대 가장 핫했던 박지윤 성인식을 했던 그날.
"띵띵띵띵~" 간주 시작과 동시에 뿌연 연기가 걷히고
내가 걸어 나오는 순간 남학생들이 우르르 강당을 빠져나갔던
욕설도 좀 들렸던 것 같은데…
결국 우리 학교 학생들만 남아 있었던 축제 때 무대.
그 어떤 사람들보다 치마 만들어 주고
머리 뻗치게 해주고 립글로즈 아끼지 않았던
나의 절친들이 젤 좋아했던 무대.

근데 이거 자랑이야, 셀프디스야?

친구랑 다퉜는데 사과를 먼저 해야 할지 고민이에요.

용돈이 너무 적어서 고민이에요.

엄마가 일찍 들어오라고 해서 고민이에요.

그저 모든 게 내 걱정뿐이던 내가

누군가의 아내가 되고 한 아이의 엄마가 되고 난 후

일인 다역을 하게 되는 언젠가부터는 내 고민은 없다.

아니, 있어도

보이지 않는다. 아니 다른 고민보다 우선순위가 아니라는 게

맞는 말 같다.

우리 애가 나이가 있는데 결혼을 안 하는 게 고민이에요.

우리 애가 사춘기라서 고민이에요.

우리 애가 열심히 하는데 성적이 안 올라서 고민이에요.

남편이 체력이 약해서 자주 피곤해하는 게 고민이에요. 등등

가족 걱정, 자식 걱정.

결국 그게 다 내 고민이 되는 게 조금 먹먹하기도 하다.

자식, 남편 혹은 아내 그리고 부모님에 대한 고민이 아닌
나 스스로가 갖고 있는 고민. 소소한 것도 좋고 큰 것도 좋고
이 글을 읽는 지금 한번 생각해 보자.

내 고민은…
(많은 고민을 듣기만 하다 말하려니, 아니 쓰려니 어색한데…)
영원한 행복은 당연히 없겠지만
밝은 딸, 밝은 남편과 함께 하는 지금이
원치 않는 일로 또다시 무너질까 봐…
그때는 다시 일어날 의지마저 생기지 않을까 봐,
그게 고민이야…

너무 딥하지?
그런데…
답은 누가 해줄 거야?

108가지 이야기를 읽은 여러분께~

많이 부족했고 지금도 부족한 저의 글을 끝까지 읽어 주신 여
러분에 너무 감사합니다.
각자 읽는 속도가 다르겠지만
투자한 시간에 너무 감사드리고 행여나
중간에 읽다가 책장 어느 곳에
혹은 빛 하나 들어오지 않는 서랍에 두고 잊게 된다면
에필로그가 있는 줄도 모르시겠지만
그래도 투자한 돈에 감사드립니다.

약속된 100가지 이야기가 아닌 뭔 하고픈 말이 더 있었는지
101가지 이야기로 끝내고 나니
문득 101이란 애매한 숫자가 하루 종일 이에 끼여 있는 고기

처럼 신경이 쓰였어요.

그래서 108가지 이야기를 하자 생각했어요.

정해 놓은 종교는 없지만 다 다녀 봤던 중 절에서

108배 했을 때가 생각났습니다.

잡생각을 내려놓을 수 있는 건 몸이 힘들 때라는 걸 느꼈던

108배.

그런 여러분들께 힘들이지 않고 땀 흘리지 않고

여러분의 무릎을 보호하고자

108배 한 후 조금은 가벼워진 마음을 드리고 싶었어요.

그래서 108가지 이야기를 완성했습니다.

채우는 것보다 비우는 게 힘들다는 거.

채우는 건 같이 채울 수도 있지만

비우는 건 오롯이 혼자 몫이라는 거.

우리 잘 안 되겠지만… 뇌에 마음에 여백의 미 만들어 봐요…

비우는 게 안 된다면 마음에 발코니 확장을 해보자구요.

몸도 마음도 렌즈 하나 들어갈 틈도 없이 채웠던 내가

나를 가장 힘들게 했던 내가 여러분께 드리는

108가지 이야기였습니다.

가끔은 조언보다 허언

웃고 웃기며 깨달은 것들에 대하여

글 김영희
발행일 2025년 1월 20일 초판 1쇄

발행처 다반
발행인 노승현
출판등록 제2011-08호(2011년 1월 20일)
주소 서울특별시 마포구 양화로81 H스퀘어 320호
전화 02-868-4979 **팩스** 02-868-4978

이메일 davanbook@naver.com
인스타그램 @davanbook

ISBN 979-11-94267-15-7 03810